# No todos los árboles mueren de pie

Luísa Sobral

# No todos los árboles mueren de pie

Traducción del portugués de
Rosa Martínez-Alfaro

LUNWERG
EDITORES

Título original: *Nem Todas as Árvores Morrem de Pé*


Edición original de Dom Quixote, Portugal, 2024


Lunwerg es un sello editorial de Editorial Planeta, S. A.
Avenida Diagonal, 662-664 - 08034 Barcelona
Calle Juan Ignacio Luca de Tena, 17 - 28027 Madrid
lunwerg@lunwerg.com
www.lunwerg.com
www.instagram.com/lunwerg
www.x.com/Lunwerglibros
www.facebook.com/lunwerg

Diseño del interior y maquetación: Lunwerg, 2026

Primera edición: abril de 2026
Depósito legal: B. 24.881-2026
ISBN: 979-13-87761-76-9
*Printed in Spain* - Impreso en España

El papel de este libro procede de bosques gestionados de forma sostenible y de fuentes controladas.

*Para mi madre*

*Soy raíz que no está sujeta*
*Árbol que se va antes del final*

Canción «María Feliz»

# Prefacio

He desarrollado a lo largo de quince años, debido a mi profesión, una gran capacidad para entrometerme en la vida de los demás, robándoles las historias con la pericia de los carteristas del tranvía 28 de Lisboa, sin que se den cuenta.

Mis amigos me consideran una buena oyente porque memorizo cada detalle de lo que se me cuenta. Quienes lean este libro, o al menos el prólogo, van a descubrir en ese preciso instante que escucho por amistad, pero que guardo por profesión. Sé que todos los escritores lo hacen, unos con más descaro que otros, pero en mi opinión nada resulta más inspirador que la vida real.

Tengo algunos amigos, sobre todo los más relacionados con las artes, que, además de compartir conmigo sus vidas, comparten historias de otros, poemas, libros, artículos o cualquier otra fuente que me pueda servir de punto de partida para una nueva canción. Así nació este libro.

En mayo de 2021 recibí un mensaje de WhatsApp de una amiga que decía: «Esta historia es increíble»; en el mensaje siguiente venía un enlace a una página de noticias de Vila Real. Es peligroso presentar una historia como «increíble»; es como esas personas que, antes de contar una anécdota, dicen: «Ya veréis, es muy graciosa». No sé vosotros, pero yo ni siquiera disfruto de lo que me están narrando hasta que llega el momento en que se espera que me ría. Muchas veces me río sin haber prestado mucha atención, solo por saber que eso es lo que se espera de quien escucha una historia «muy graciosa» hasta el final.

Bueno, volviendo a mi historia no graciosa pero sí increíble, leí el artículo y esa misma noche tuve que convertirlo en una canción. El arte me ayuda a digerir asuntos, a comprenderlos emocionalmente, a procesarlos. Eso fue lo que hice con el desenlace de M. La gran diferencia entre esta historia y otras que también acabaron convirtiéndose en canciones es que esta siguió viviendo en mí después de que la canción estuviera terminada. La noticia contaba el final de la historia, pero ¿y el principio? ¿Qué ocurrió antes de ese final? Como nadie supo responderme, tuve que ser yo quien lo hiciera: imaginándomelo, escribiéndolo y sintiéndolo hasta que se volviera tan real como la noticia.

Demasiado grande para ser una canción, se acabó convirtiendo en un libro. ¿Es increíble? No lo sé. Sé que es mi primera novela, lo que para mí ya es un logro bastante increíble.

# Prólogo

Nuestra casa se había vestido de flores. Cada especie de nuestro jardín aparecía representada más de una vez. No las quería yaciendo como en los funerales, sino erguidas, orgullosas de la vida que aún conservaban, igual que yo. Formé un jarrón con cada manojo y los distribuí por toda la casa: mesas, sillas, cómodas, el suelo. El aroma era maravilloso y la casa estaba más hermosa que nunca.

Fue la primera y única vez que utilicé flores para adornar la casa. Solo debe arrancarse una flor cuando su misión sea sanar o cumplir alguna función que no se limite a embellecer. Matar una flor para decorar un lugar durante unos días es un acto de egoísmo desmesurado. Pero aquel día, el propio embellecimiento constituía, en sí mismo, un propósito.

Quería que nos encontraran en medio de algo hermoso, no en un escenario triste. Quería que nos recordaran como aquellos que vivieron y murieron rodeados de flores. Quería que todos nos marchitáramos a la vez.

Preparé los jarrones sabiendo que, con ellos, llegaba el momento. Un día. Después de un día, el agua empieza a pudrirse y la flor a marchitarse. Teníamos un día.

Nos lavamos con lavanda. Recorrimos el cuerpo desnudo del otro con las manos aún mojadas, con un tacto desprovisto de sensualidad. Queríamos guardar la piel del otro en nuestras palmas.

Nos secamos y nos vestimos de blanco. Acerqué dos butacas una junto a la otra en el centro de nuestro pequeño salón. Nos abrazamos y permanecimos así largo tiempo, bailando al son de la canción que sonaba en la cabeza de cada uno. No hablamos; ya nos lo habíamos dicho todo.

Traje la navaja, me senté en una silla y la dejé sobre el regazo. Él se acomodó a mi lado y me tomó de la mano. Nunca sentí miedo. Tampoco se lo vi a él. Permanecimos allí con los ojos cerrados, oyendo a los pájaros y sintiendo la brisa que entraba por la puerta y por las ventanas abiertas de par en par. Era un día precioso de primavera.

Nos miramos. Había llegado el momento.

Tomé la navaja y la abrí. Él se volvió de lado y apoyó las muñecas en el brazo de la butaca sin la menor vacilación. En cuanto la hoja tocó la muñeca izquierda, una gota de sangre dibujó un camino por el brazo desnudo y terminó en otra gota más pequeña que cayó al suelo. Hice cortes profundos y rápidos, sintiendo la hoja atravesar todos los nervios, ligamentos, tendones y venas. Repetí el proceso con más precisión y seguridad en la muñeca derecha. Le pasé la navaja. Teníamos poco tiempo hasta que él perdiera las fuerzas y el conocimiento. Fue rápido y certero. Ahora vestíamos de rojo vivo. Nos volvimos hacia delante, nos dimos la mano y cerramos los ojos. Aún podíamos oír a los pájaros, aún podíamos sentir la brisa.

Era un día precioso de primavera.

Hay plantas que rasgan el asfalto. Dejan tras de sí una fisura como prueba de su fuerza, del camino recorrido, de la agonía que asfixia antes de la bocanada de aire. Con el tiempo, la planta que lo atraviesa acaba convirtiéndose también en asfalto. Queda la fisura para recordarnos que es posible bailar a contracorriente. Que es posible que la tierra sea el principio y no el final.

## Abetorojo

***(Picea abies)***

Más conocido como «árbol de Navidad»

De donde yo vengo no hay flores salvajes ni personas salvajes. De donde yo vengo no se podía crecer demasiado ni ser demasiado.

Allí, hasta el sol es gris y los jardines son solo espacios verdes. No tienen vida ni voluntad propia, son lo que deben ser. Cumplen un propósito.

El muro de Berlín nació y dos años después nací yo. Fui muy deseada hasta el día en que me materialicé. Después, para mi madre, yo también me convertí en un espacio verde.

Mi primer recuerdo de infancia es con Mavie. No sé si siempre llevaba el mismo vestido amarillo de rayas blancas o blanco de rayas amarillas, pero en mis recuerdos siempre la veo así. Estábamos las dos descalzas en el jardín y jugábamos a mi juego favorito: mojar la tierra con la regadera y saltar sobre los charcos hasta que su vestido amarillo y blanco quedara cubierto de manchas marrones y el barro nos salpicara el pelo y las pestañas. Entonces, cansadas ya de tanto reírnos, nos tumbábamos en el césped y observábamos la danza de las hojas en los árboles altos. Mavie era una magnolia estrellada. Era alta, guapa y siempre iba perfumada. Tenía el pelo de un amarillo casi blanco y era muy delgada, casi transparente. Parecía tan ligera que a veces, cuando el viento soplaba con más fuerza, la cogía de las manos para que no echara a volar.

Todas las mañanas mi madre me dejaba en casa de Mavie. Ella me daba un bocadillo de salchicha o queso y corríamos a cuidar nuestras flores.

En la casa donde vivía había un pequeño jardín. Los muros eran grises y tenían tantos agujeros que yo fantaseaba con ver en ellos lonchas gigantes de queso. Para mi madre, aquel lugar era un *«Sumpf»*,[1] aunque no recuerdo haberla visto jamás en otro sitio que no fuera la puerta de la calle.

Era un mundo muy pequeño, lleno de colores y olores, que se negaba a coincidir con el sombrío mundo de las calles y casas de nuestra ciudad. Era un jardín vanidoso, que presumía de su belleza frente a la decadencia de los alrededores.

Mavie sabía el nombre de todas las flores y decía que cada una tenía un poder mágico. «La violeta trata la melancolía, el llantén menor ayuda a curar las heridas, la hierba de San Juan sirve para el tratamiento de la depresión.» Me parecía todo tan fascinante que a veces iba al jardín sola, cuando Mavie estaba ocupada con otros quehaceres, solo para repasar la materia y asegurarme de no confundir las plantas y sus respectivos poderes. «La violeta trata la melancolía, el llantén menor ayuda a curar las heridas, la hierba de San Juan sirve para el tratamiento de la depresión.»

A los seis años fui al colegio y nunca más volví a ver a Mavie. A veces, mis sueños se llenaban de flores, y ella también estaba allí, con su vestido amarillo y blanco, esperando a que lo salpicaran.

---

[1] Ciénaga.

El miedo es un gusano que nos devora por dentro hasta que no queda nada y deja el exterior intacto.

Vivir una vida de miedo es caminar en hueco, vacío, deshabitado. Es ser una ruina donde solo la fachada se mantiene en pie. Es ser nada en un cuerpo de persona sin memoria de quién se es.

## Alerce europeo

***(Larix decidua)***

Puede alcanzar los cuarenta y cinco metros de altura

En el colegio descubrí el miedo, el mío y el de los otros. Nos preguntaban qué dibujos animados veíamos en casa. Aprendimos rápidamente que la respuesta correcta era *Unser Sandmännchen*[2] y que la pregunta no nacía de la simple curiosidad de quien la hacía. Aprendimos que todo lo que venía del otro lado del Muro era malo y que quien fuera descubierto pensando lo contrario podía desaparecer de un día para otro, como la señora Richter.

El señor Richter era nuestro vecino y muchas veces cenaba en nuestra casa con su mujer. Era raro que mi madre se sentara a la mesa con ellos, pero mi padre siempre creía, hasta el último segundo, que cambiaría de idea. Después, asistíamos a quince minutos de excusas elaboradas y nada creíbles sobre el motivo de su ausencia. Muchas veces me preguntaba cómo era posible que mi padre siguiera queriendo a mi madre, después de tanto desprecio y rechazo.

---

[2] Dibujos animados que se emitían en la televisión de Alemania del Este a la hora en que los niños se iban a la cama. El personaje principal, Sandmännchen (el hombre de arena), vivía grandes aventuras mientras promovía el avance tecnológico de la RDA mediante el uso de vehículos futuristas como coches voladores.

Un día le oí decir a mi madre, en medio de uno de sus monólogos, que desconfiaba del señor Richter. Estaba casi segura de que planeaba huir. No sé si mi padre hizo algo, pero al día siguiente la señora Richter desapareció y su marido quedó profundamente angustiado; parecía un muerto viviente caminando de un lado a otro de la calle, como si fuera a encontrarla escondida detrás de un árbol o sentada en una esquina. Mi padre agachaba la cabeza cuando lo veía en la calle y me decía que hiciera lo mismo.

La señora Richter volvió tres meses después, pero nunca se habló del motivo de su desaparición. El señor y la señora Richter no volvieron a cenar en nuestra casa jamás.

Uta me acompañó el primer día de clase. Era mi vecina y jugábamos juntas desde pequeñas. Mi padre me dejaba muchas veces en su casa cuando tenía actos del Partido. Entramos en el colegio de la mano y no nos soltamos hasta sentarnos en los pupitres, una al lado de la otra. Nos presentamos a nuestros compañeros, escuchamos sus presentaciones y, por último, la de la profesora. Discutimos el plan de trabajo de aquella semana y escuchamos las normas generales del aula y de la escuela. Por la tarde nos llevaron al gimnasio, donde nos hicieron ejecutar una serie de ejercicios para evaluar nuestras capacidades físicas. Volvimos a casa de la mano.

Al día siguiente, Uta me esperaba en la puerta de casa. Me contó que habían contactado con sus padres tras las pruebas físicas del día anterior y que tendría que ir a estudiar a una escuela especializada en gimnasia. Añadió, con una enorme sonrisa, que podría convertirse en una gran gimnasta y, quién sabe, ganar una medalla de oro en los Juegos Olímpicos, como Margitta Gummel. No pude alegrarme por ella, y eso me puso aún más triste. Fui al colegio con las manos en los bolsillos, odiándome por no haber podido nunca hacer el espagat.

A veces, mi padre no era mi padre. Le oía decir cosas extrañas a compañeros de la STASI[3] y su mirada no era la que yo

[3] Policía secreta de Alemania Oriental.

conocía. Recuerdo que un día pasaba por el comedor para ir a la cocina a beber agua y le oí decir a un amigo: «Que esté bien calladita, si no ya sabe lo que le pasará. No te olvides de que esas siempre me las quedo yo». En aquel momento no entendí lo que quería decir, pero jamás he olvidado esas palabras ni la mirada con que las dijo; era una mirada alucinada, con una leve sonrisa de maldad. Eché a correr a mi habitación. Tenía miedo de aquel hombre que a veces me robaba a mi padre.

Años más tarde, en una de nuestras visitas al supermercado, la chica de la caja registradora nos vio llegar junto a la cinta y empezó a temblar tan violentamente que parecía estar en medio de un ataque epiléptico. Me asusté y abracé a mi padre, hundiendo la cara en su abrigo. Fue en el trayecto entre la agonía de la chica y la lana gris cuando volví a ver su mirada alucinada y su sonrisa maquiavélica. Cerré los ojos y seguí abrazada a él, con miedo de abrirlos, con pánico de volver a ver a aquel otro hombre en la cara de mi padre. Nunca lo había visto tan de cerca. Incluso el cuerpo que abrazaba no era el cuerpo que conocía. Era alguien que acaparaba por completo a mi padre.

Nunca más volví a ver a la chica del supermercado, pero el hombre que compartía el cuerpo con mi padre fue apareciendo algunas veces más durante mi infancia. Nunca dejé de temerlo, pero aprendí a esperar a que se fuera.

Cada seis meses recibíamos un paquete de la hermana de mi madre. Mi padre fingía no verlo para no ser el blanco de la mirada de ira que mi madre le dirigía cada vez que él intentaba entablar una conversación. Yo no conocía a mi tía y sabía que no debía contar a nadie que nos enviaba ropa. Cada vez que veía a otros niños en la calle con ropa que parecía nueva, me preguntaba si también ellos tendrían una tía secreta al otro lado del Muro.

Mi colegio era muy alto y completamente gris. Tenía cuatro plantas con ventanas pequeñas todas iguales y ocupaba una manzana entera. En la entrada había un retrato de Stalin que debía de tener mi misma estatura. Fue mi primer héroe.

Tres veces a la semana había reunión de pioneros.[4] Cantábamos canciones, organizábamos recogidas de papel para recaudar fondos y practicábamos juegos.

En el segundo año del colegio empezamos a preparar la actuación para el encuentro del año siguiente en Dresde. Los mayores eligieron las canciones y decidieron hacer una obra de teatro. Yo solo escuchaba y asentía. Ya había aprendido con mi padre que eso era lo que debía hacerse siempre que alguien mayor hablaba. A veces, también asentía para poder viajar a mi mundo de plantas y seguir aparentando estar presente. «¿Qué te parece?» La pregunta quedó en el aire para que alguien la recogiera y, por los más de diez pares de ojos puestos en mí, intuí que esperaban una respuesta, así que asentí una vez más. Fue así, sin querer, como acepté el papel de narradora, justo yo, que solo sabía hablar con las plantas.

Fue un año de sufrimiento. La voz no me salía de la garganta. En cuanto intentaba pronunciar mi frase, el aire, en vez de salir, me entraba directo a la barriga, lo que además de deformarme la cara hasta casi sentir que las cejas me tocaban las mejillas, me provocaba un terrible flato.

Llegó el día. Me puse mi camisa blanca, la falda azul y el pañuelo rojo. Las piernas me temblaban tanto que tuvieron que empujarme al escenario. Cuando miré al público, me quedé paralizada. Yo no pertenecía a aquel lugar, igual que las plantas exóticas no pertenecen a los países fríos.

A lo lejos vi a mi padre saludándome. A su lado, un asiento vacío. No me sorprendió: el sitio de mi madre estaba siempre vacío.

No podía fallar. Con mi padre allí, nunca podría fallar. Cerré los ojos y vi un jardín lleno de plantas trepadoras y tulipanes. Solo tenía que hablar con las flores, y eso sabía hacerlo. Solo cuando las flores empezaron a aplaudir, volvieron a sus cuerpos de per-

[4] Los Thälmann-Pioniere era un grupo al que pertenecía la mayoría de los jóvenes de la RDA desde el 4.º hasta el 7.º curso de escolaridad (de los nueve a los trece años).

sonas. Fue la primera de muchas veces, a lo largo de mi vida, en que transformé personas en plantas para poder relacionarme con ellas.

Mi padre me cogió en brazos y me dio un abrazo tan largo que me provocó un hormigueo en la planta de los pies. «¡Vosotros sois el futuro de nuestro país! ¡Has estado maravillosa! ¡Estoy muy orgulloso de ti!» Y yo estaba muy orgullosa de que él estuviera orgulloso de mí.

# *EMMI*

*1931-1939, Lorch am Rhein/Berlín*

*Mis padres se conocieron en Lorch am Rhein, una pequeña aldea junto al Rin, y allí nací yo. Los recuerdos que tengo de Lorch son de aquellos que habitan entre lo que se ve y lo que se nos cuenta.*

*Cuando tenía dos años y medio, un amigo de mi padre le consiguió trabajo en el puerto de Berlín y nos mudamos prácticamente de un día para otro. Tres años después nació mi hermana, el 19 de agosto, el día en que Hitler se convirtió en el líder supremo de Alemania. Siempre fue una niña con buena puntería.*

*Vivíamos en una casa muy pequeña y dormíamos todos en la misma habitación. La habitación olía siempre a comida porque estaba contigua a la cocina y el olor permanecía en el aire mucho más tiempo del que la comida permanecía en los platos.*

*Mi madre era costurera y le fue difícil conseguir nuevos clientes cuando llegamos a Berlín. Era una ciudad grande y no conocíamos a nadie salvo a aquel amigo de mi padre. Pero ella no se desanimaba. Cada día se levantaba temprano y recorría las calles de punta a punta hasta asegurarse de haber ofrecido sus servicios a todo tipo de tiendas: mercerías, ultramarinos, zapaterías y, por supuesto, tiendas de ropa.*

*Fue uno de esos días, cuando entró en una tienda de ultramarinos conmigo y con mi hermana, cuando las cosas cambiaron.*

*Mientras jugábamos al escondite detrás de los sacos de harina, ella se presentó. Dijo con el entusiasmo de la primera vez todo lo que ya había dicho decenas de veces: que era costurera, pero que sabía hacer muchas otras cosas y que, si necesitaban a alguien, no se arre-*

*pentirían de contratarla. La dueña respondió que no tenía trabajo para ella en la tienda, pero que sí tenía que arreglar los uniformes de sus hijos. Y así fue. Dos meses después, mi madre ya era la costurera a la que otras madres recurrían para arreglar los uniformes con rasgones de sus hijos. Claro que había quienes podían permitirse simplemente deshacerse de ellos y comprar otros nuevos, pero en nuestro barrio no había personas así.*

*Poco tiempo después nos mudamos a otra casa en el mismo barrio, pero con dos habitaciones. La vida mejoraba día a día y todo gracias al Führer. Éramos muy felices. Íbamos al colegio, jugábamos en los parques, nos bañábamos en las fuentes y ya no pasábamos hambre. En nuestros cumpleaños íbamos al zoológico y comíamos helado. La cumpleañera tenía derecho a elegir dos sabores y a pasar el día entero a caballito, disfrutando de una vista privilegiada de los animales que dormían lejos de los barrotes. Yo me pasaba horas mirando a los monos: me fascinaban sus semejanzas con los humanos. A mi hermana, en cambio, le encantaban los animales más aburridos y tranquilos como los koalas, que pueden dormir hasta veintidós horas al día.*

*El día de mi décimo cumpleaños me senté a comer mi helado de dos bolas y mis padres me entregaron un paquete envuelto en papel de seda rojo. Lo quité con sumo cuidado y allí estaba: mi primer uniforme. Una falda azul plisada, una camisa blanca y un pañuelo. Tenía diez años y por fin podía formar parte de la Bund Deutscher Mädel.*[5] *Vivía rodeada de uniformes ajenos, pero ahora ya tenía uno solo para mí. Era bonito y era nuevo.*

*Una mañana de septiembre, mientras desayunábamos, mi padre encendió la radio, como hacía siempre. Todos dejamos de comer al escuchar la voz del Führer:*

*«Anoche, por primera vez, soldados regulares del ejército polaco dispararon contra nuestro territorio. ¡A las cinco cuarenta y cinco empezamos a responder al fuego! De ahora en adelante, cada bomba será respondida con otra bomba. Quien luche con gas venenoso será combatido con gas venenoso. Quien desobedezca las reglas de la guerra*

---

5 La rama femenina de las juventudes hitlerianas.

*humana puede estar seguro de que haremos lo mismo. ¡Continuaré esta lucha, sin importar contra quién, hasta el momento en que la seguridad del Reich y sus derechos estén garantizados!»*

*Salimos de casa en silencio. Todo quedó sobre la mesa. Mi infancia también.*

Crecí confundiendo grandiosidad con tamaño. Al fin y al cabo, solo eras un hombre alto.

# Abeto blanco

***(Abies alba)***

Nativo de las regiones montañosas de Europa

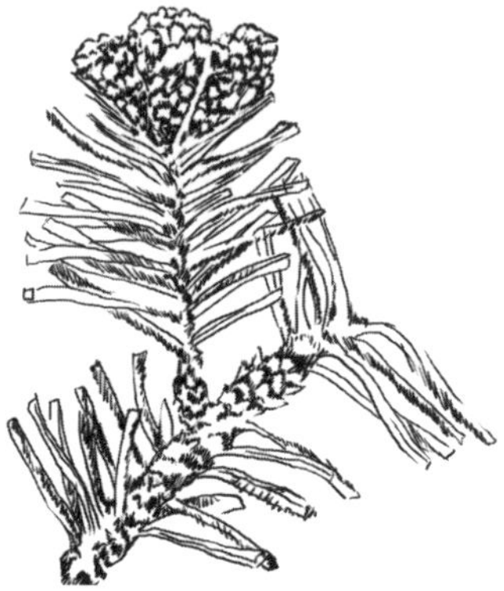

Mi padre era un hombre bueno hasta que descubrí que no lo era. Me llevaba a pasear a caballito por el parque. Recuerdo la agitación que me invadía el estómago al subir a sus hombros; era aterrador y placentero, todo a la vez. Me apartaba de las ramas de los pinos imaginándome que era un coche en una carrera de obstáculos, y él aceleraba el paso mientras tarareaba a Stravinski.

Mi padre era el hombre más valiente que conocía. En la STASI todos lo respetaban. Cuando tenía diecinueve años perdió la mitad de un brazo en los bombardeos de Dresde, pero nunca le oí quejarse ni decir que no podía hacer algo. Nunca sentí que le faltara una parte. Para mí, él estaba completo.

Fue mi padre quien me enseñó a leer y escribir antes de ir al colegio, y por cada dictado sin errores recibía una onza de chocolate. Él decía que no quería que fuera ama de casa como las mujeres del otro lado del Muro, «mascotas», como las llamaba él. «Mira a tu madre, fuerte y decidida: así debe ser una mujer.» Durante mucho tiempo me esforcé en encontrar esas cualidades en mi madre y acabé por rendirme.

También era mi padre quien se pasaba noches en vela junto a mi cama cuando estaba enferma, quien asistía a todos mis recitales de violonchelo y a todas las obras de teatro escolares. Era mi padre quien invitaba a los vecinos a cantarme el cumpleaños, mientras mi madre escuchaba música encerrada en su cuarto. Mi padre, siempre mi padre.

Todas las noches nos leíamos el uno al otro. Él me enseñaba las maravillas del mundo socialista y la suerte que teníamos de contar con el camarada Stalin como ejemplo. En cuanto salía de la habitación, yo escribía en mi diario todo lo que aprendía para no olvidarme de ninguna palabra y lo repasaba todo antes de ir al colegio. Me moría de miedo si se me escapaba alguna tontería delante de mi padre y avergonzarlo.

Hasta muy tarde, si hubiera tenido que elegir el día más feliz de mi vida, habría elegido aquel en que mi padre me recogió en su Trabant[6] para llevarme al «Festival de la Juventud y los Estudiantes» en Berlín. Tenía diez años y nunca había visto nada igual. Miles de jóvenes de la RDA,[7] pero también del Oeste, bailaban juntos al son de la banda de rock Puhdys como si no hubiera nada extraordinario en ello. Desfilaban ante mí chicos y chicas que hablaban diferentes idiomas, vestidos con ropa excéntrica, y artistas de varias nacionalidades tocando música que no estaba permitida fuera de aquel lugar. Todo aquello contradecía los principios que mi padre me había inculcado, pero parecía divertirse, lo que me hizo sentirme libre para divertirme yo también. Fuimos a muchos conciertos, bailamos y paseamos por Berlín Oriental.

En el camino de regreso, mi padre iba feliz, yo extasiada. «¿Has visto lo que la RDA puede ofrecer a estos jóvenes? ¿Has visto la curiosidad que tienen por cómo vivimos fuera de una sociedad superficial y capitalista? Somos un ejemplo para ellos.» Cuando llegamos a casa ya era de noche, lo que me hizo preguntarme si todo aquello no había sido solo un sueño.

---

[6] El coche más popular de la República Democrática Alemana, producido en Zwickau de 1957 a 1991.

[7] República Democrática Alemana.

Si aquel fue el mejor día de mi vida, la mejor semana del año era, sin duda, la del campamento de pioneros. Solo se seleccionaba a algunos niños para ir, pero como mi padre trabajaba para el Partido, yo siempre estaba en la lista. Era un campamento solo con niños interesados en la historia natural, como yo. Hacíamos excursiones, acampábamos, nos bañábamos en lagunas, pero lo mejor de todo era que solo hablábamos de naturaleza. Aprendíamos qué plantas eran comestibles, qué hongos eran venenosos, a reconocer las constelaciones y a predecir tormentas. Durante esos días no me hacía falta viajar a mi mundo. Aquel era mi mundo.

Son curvas que nacen de mi cuerpo
Se instalan, se expanden, me capturan
Las quiero fuera
Invisibles
Rectas

## Arce blanco

***(Acer pseudoplatanus)***

Pertenece al tipo fisionómico de los mesofanerófitos

Fui creciendo y mi cuerpo fue adquiriendo curvas indeseadas. Las escondía de todas las maneras más o menos creativas posibles. Veía cómo mis compañeras se enorgullecían de su pecho, que asomaba entre los dos botones de una camisa ajustada; cómo se alegraban cuando los pezones, ya de mujer, parecían querer atravesar el maillot de gimnasia; cómo exhibían sus piernas subiéndose las faldas hasta el ombligo. Yo vivía desfasada de mi cuerpo en una lucha diaria, ingrata y agotadora.

Todas las mañanas me despertaba más temprano, cogía la faja marrón y le daba exactamente cinco vueltas al pecho. La primera fijaba la posición, la segunda enterraba los pezones, la tercera iniciaba el proceso de aplastar los pequeños relieves que iban tomando forma día tras día, la cuarta los aplanaba por completo y la quinta daba el apretón final. El número justo para que no se notara ni el pecho ni la faja.

Un día mi madre entró en la habitación en medio de la tercera vuelta. Me dio una bofetada y me arrancó la faja de las manos. Lo que más me avergonzó fue mi pecho, expuesto, vivo, como si gritara de alivio y victoria. Ese día lo odié aún más. «Las pudorosas del otro lado son las que esconden el cuerpo», dijo mi madre antes de cerrar la puerta. Se llevó consigo la faja y lo que quedaba de mi dignidad.

En los últimos años de colegio, mi madre salía cada vez menos de su cuarto. En el último curso ni siquiera recuerdo verla fuera de la cama. Mi padre le llevaba la bandeja con la cena y dejaba la puerta entreabierta. A veces, yo pasaba por delante de la habitación y espiaba por la rendija. Siempre la veía dormir con la música a todo volumen en el tocadiscos. Sabía que mi padre le escribía cartas que ella no leía. Estaban todas esparcidas por el suelo junto a la puerta, como si también quisieran escapar de aquel antro de tristeza.

Nunca le pregunté a mi padre qué le pasaba a mi madre, porque era mucho más feliz con ella encerrada en la habitación que fuera de ella.

Siempre tuve miedo de que dejaras de amarme. Lo escondía bajo las alfombras, detrás de las estanterías y dentro de los armarios. El miedo me hacía débil. Nunca me amarías si supieras que soy débil.

# Abedul común

***(Betula pendula)***

Árbol común en toda Europa

En esos años, estudiaba por la mañana antes de ir al colegio, estudiaba al volver a casa y aún un poco después de la cena. Quería ser la mejor alumna de mi curso. Los domingos daba largos paseos sola por los jardines. Llevaba los libros del colegio y estudiaba bajo los árboles. Cuando terminaba, me entregaba a aquello con lo que realmente disfrutaba: mi herbario. Dibujaba todas las plantas, árboles y flores que encontraba. Después, llegaba a casa y buscaba los nombres en la enciclopedia de botánica.

Fui creciendo y mi madre se fue convirtiendo en parte del mobiliario. No hablábamos y nuestros ojos solo se cruzaban por casualidad. Cuando iba a casa de alguna amiga, veía cómo se comportaba una madre normal y me preguntaba por qué mi padre no había elegido a una mujer así. Durante muchos años fantaseé con que mi padre dejaba a mi madre y se casaba con una de esas madres normales a las que yo, con total naturalidad, también llamaría «mamá», pero a él esas madres comunes no le interesaban, y así me fui haciendo mujer sin otra más cerca.

Cuando cumplí dieciséis años, mi padre empezó a llevarme como su acompañante a los actos del Partido. Me dejaba ponerme vestidos de mi madre y ya no sentía la necesidad de ocultar mi cuerpo, ahora, sí, maduro.

Antes del acto le pedía todos los detalles a mi padre. Quién iba a estar presente, características físicas que distinguieran a esas personas y su función en el Partido. Tomaba notas para sentirme preparada. Quería estar a la altura.

Al llegar a casa, descartaba estudiar por la tarde. Pasaba horas arreglándome y leyendo las notas minuciosamente organizadas por nombre y cargo. Me miraba al espejo e intentaba reproducir el peinado que había visto en las fotografías antiguas de mi madre. Quería que mi padre me encontrara guapa, quería que me consideraran su mujer y que a él no le importara.

Los actos del Partido siempre incluían baile y buena música. Mi padre parecía deslizarse por la sala con un paso mitad bailado, mitad apresurado, y yo me esforzaba por acompañarlo. El hecho de tener solo un brazo no afectaba a su confianza. Todos le sonreían y él sonreía a todo el mundo. Me presentaba diciendo: «Es mi hija. Además de guapa, es la mejor alumna de su curso». Para eso era para lo que yo estudiaba, para saber que él me veía así.

Hay quienes desperdician toda una vida mientras piensan qué hacer con ella.

# Cerezo de racimos

***(Prunus padus)***

Sus flores son hermafroditas

No crecí con una vocación como la mayoría de mis compañeros. Muchos querían ser ingenieros, científicos; otros soñaban con trabajar para el Partido; había incluso quienes querían ir al espacio. Mi pasión eran las plantas, pero cuidar plantas no era una profesión para una alumna como yo.

Siempre me gustó mucho estudiar, pero no ir al colegio. No lograba hacer amigos. Todos me consideraban rara, y yo no sabía ser de otra manera. Me refugiaba en los libros para dar a mis ojos un lugar seguro. Cuando iba de un aula a otra, como la lectura en movimiento era un poco peligrosa, optaba por bajar la cabeza y mirar al suelo. Conocía todos los caminos por las manchas que el suelo amarillento había adquirido con los años.

A pesar de estudiar mucho, cuando me llamaban a la pizarra o para responder desde mi asiento, nunca podía hacerlo. En los primeros años era común oír risas ahogadas por manos cuando los profesores se dirigían a mí. En los últimos, ni siquiera daba ganas de reír, lo que era aún más triste. Habían dejado de verme.

Un día llegué a clase, tras girar a la izquierda donde faltaba un listón en el suelo y de nuevo a la izquierda donde había una mancha de café, me topé con un hombre con bata de médico junto a la profesora. De vez en cuando venían personas de distintas profesiones a explicarnos qué hacían para ayudarnos a decidir qué queríamos ser en el futuro. Toda la descripción técnica de su día a día me resultó bastante desagradable; no sentía ninguna fascinación por la idea de cortar personas y volver a coserlas, y como él era cirujano, lo de cortar y coser era una de sus especialidades. Pero también nos habló de las otras, de esas que observan lo que está por fuera para entender qué está mal por dentro. Entonces, recordé a Mavie. También ella sabía curar a las personas, también miraba dentro de mis ojos cuando tenía fiebre para saber qué infusión me curaría más rápido. En ese momento decidí que quería ser médica, quería ayudar a curar a las personas como hacía Mavie, sin abrirlas.

Corrí a casa. La euforia del momento en que creemos haber descubierto nuestro destino es abrumadora, aunque ese momento se repita a lo largo de la vida con descubrimientos diferentes.

En cuanto mi padre llegó a casa, corrí a la puerta. «Ya lo he decidido, voy a ser médica.» Por unos segundos temí que mencionara que no me gustaba ver sangre, pero no lo hizo. Dejó la cartera y me abrazó con fuerza. «Vas a ser la mejor médica que la RDA haya visto.»

# *EMMI*

*1936-1941, Berlín*

*Recibí mis primeras zapatillas de ballet el día de mi séptimo cumpleaños. Venían en una caja blanca con papel de seda rosa. Recuerdo haber llorado de felicidad por primera vez y lo extraña que me resultó aquella sensación. Hasta aquel momento, el llanto siempre había sido consecuencia de episodios de tristeza, nunca de alegría. Fue un sentimiento confuso, pero el momento no pedía grandes introspecciones.*

*A partir de entonces, siempre iba con las zapatillas de ballet por casa. El camino del comedor a la cocina era mucho más digno con un* jeté *que iba perfeccionando poco a poco, y la salida de la habitación mucho más grácil con un* plié. *El ballet embellece el cuerpo, le da una delicadeza y una altivez que solo se conjugan en la danza.*

*Madame Klimax, aunque rigurosa, también era de una amabilidad discreta. Muchas veces me pedía que demostrara ciertos pasos a mis compañeras, lo que estrechaba mi relación con la maestra, pero me iba alejando de ellas.*

*Mientras mis amigas del colegio un día soñaban con ser maestras y al siguiente se veían enfermeras, yo cada día me despertaba y me dormía siendo bailarina. Durante las clases, mi cuerpo permanecía sentado, desentendiéndose de la mente que danzaba por el aula. Hacía piruetas* arabesque *encima de las sillas,* jetés *de una mesa a otra y solía terminar con un* grand battement *frente a toda la clase solo para dejarla impresionada con la punta de la zapatilla, que casi tocaba la lámpara. Imaginaba una ovación de pie y flores cayéndome en los brazos mientras bajaba la pierna elegantemente hasta posar el pie en el suelo con la sutileza de una pluma. Todas las actuaciones terminaban igual. Todas eran un éxito.*

*Tras la invasión de Polonia en 1939, todo cambió. Mi madre hacía un gran esfuerzo para llevar siempre algo a la mesa. La comida empezó a racionarse y tenía que ser admirablemente creativa para transformar una alacena vacía en un asado generoso.*

*El hecho de comer menos nunca nos preocupó; nuestra angustia tenía otro origen. Vivíamos aterradas ante la posibilidad de que llamaran a nuestro padre a combatir. Aunque no era joven, como los primeros soldados convocados, la necesidad de hombres en el ejército aumentaba, reduciéndose así las exigencias del reclutamiento. Los que al principio no servían se habían convertido rápidamente en carne de cañón.*

*Empezaron a llegar cartas. Todas acababan en la basura.*

*El mundo parecía derrumbarse lentamente, pero cuando yo bailaba, todo seguía siendo bello y armonioso. En esos momentos, las piruetas me llevaban a un lugar sin tristeza ni ansiedad. Es extraño cómo se puede sentir tanta paz bailando en tiempos de guerra. Mi padre me pedía muchas veces que bailara para él, me llamaba* «prima ballerina» *y siempre decía lo mismo: «Voy a aprovechar este bello lugar en primera fila mientras no tenga que pagarlo».*

*Fue un jueves cuando llamaron a la puerta. Estaba sentada haciendo los deberes y oí voces de hombres en la entrada. Oí a mi madre llorar. Cuando me vio, fingió una sonrisa. No hay nada más triste que una sonrisa que no se sostiene por sí sola. Mi hermana y yo abrazamos a nuestro padre al mismo tiempo, el único tiempo que se nos concedió. «No os preocupéis, volveré enseguida. Os prometo que ni siquiera va a dar tiempo a echarme de menos.»*

*Rompió la promesa. Nunca volvió. Se llevó consigo a la bailarina.*

¿Qué nombre tendría un martín pescador que nunca ha pescado, que nunca ha visto un río? Sería mucho más fácil si todos naciéramos sabiendo lo que se espera de nosotros.

## Haya común

***(Fagus sylvatica)***

El fruto es una nuez con semilla comestible

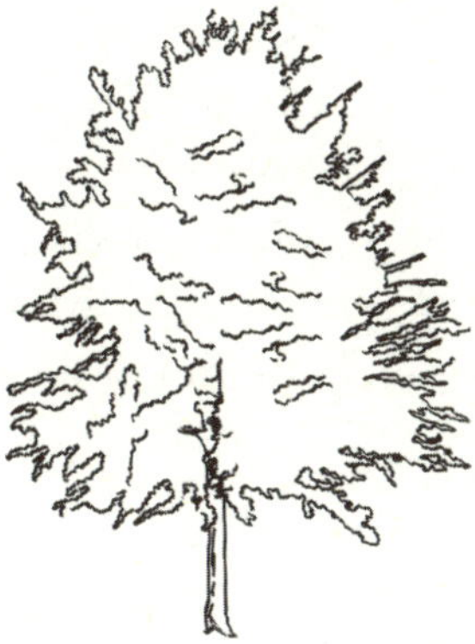

En 1982 ingresé en la Facultad de Medicina de la Universidad Karl Marx, en Leipzig, donde conocí a Klaus. Era tres años mayor que yo y acababa de completar los tres años de servicio militar. Mientras yo estudiaba día y noche fundamentos de medicina, fisiología y bioquímica para mantenerme como una de las mejores alumnas del primer año, Klaus sacaba las mejores notas sin siquiera prestar atención en las clases. Se pasaba horas dibujando hojas y raíces en sus cuadernos. Nos hicimos los mejores amigos, claro.

Todas las tardes, después de clase, dábamos largos paseos por el bosque de Leipzig. Le enseñé todo lo que había aprendido con Mavie y le mostré mi herbario. Él me enseñó todo lo que había aprendido por sí mismo e invadió mis dibujos con sus trazos firmes y precisos. Sabíamos dónde estaba el álamo negro más alto y el olmo con mayor sombra. Les poníamos nombre a los martines pescadores, distinguíamos los picos picapinos machos de las hembras a lo lejos, además de conocer todas las demás especies de pájaros carpinteros que, como nosotros, vivían en el bosque.

Nunca le hablé a Klaus de mis padres. Mucha gente temía a la STASI y yo sabía que el hecho de que mi padre trabajara para ellos podría separarnos. Al principio, Klaus no entendía la razón de tanto secretismo y me hacía muchas preguntas, pero con el tiempo fue aprendiendo a aceptar mis silencios.

Uno de esos días en que fuimos al bosque, mientras estudiábamos anatomía bajo nuestro olmo, Klaus cerró el libro de golpe y me preguntó: «Si pudieras salir de aquí, ¿adónde irías?». Nunca lo había pensado. ¿Por qué querría yo salir de allí? «¿Para convertirme en ama de casa y ser menos que los hombres? No, gracias.» Klaus se quedó un instante en silencio mirando las hojas. «Yo me iría a Italia», dijo, mientras se ponía las manos debajo de la cabeza, recostándose en la hierba. Ese día no estudiamos más.

Hay hojas muertas dando vida a mi cuaderno.
Qué extraño sería si usáramos difuntos para decorar una sala.

## Roble común

***(Quercus robur)***

Puede vivir hasta los mil años

Las páginas de mi cuaderno estaban todas dispuestas de la misma manera. Una hoja pegada en el lado izquierdo de la página y, encima, el nombre, el nombre científico, la clasificación y, entre paréntesis, la fecha de recolección. A la derecha, el dibujo de esa misma flor o árbol, hecho a lápiz y repasado con bolígrafo. Debajo, un rectángulo de líneas torpes con las observaciones: si era caduca o perenne, si era comestible, si cambiaba de color según la estación y todo lo que pudiera encontrar en enciclopedias, libros y compendios de la universidad.

El cuaderno de Klaus tenía el tamaño de la palma de una mano. Contenía muchos dibujos y anotaciones. La letra era imperceptible, pero los dibujos eran tan realistas que, si no fuera por la ausencia de color, habría sido difícil distinguir el dibujo de la planta real.

Aprendí con Klaus a observar las texturas de cada planta. Si las hojas eran lisas o carnosas, si tenían nervios, si los nervios eran completamente simétricos y la forma en que cada pétalo encajaba en el siguiente, como sosteniéndolo.

Nunca dibujé tan bien como él, pero no me avergonzaba compartir mis páginas. En nuestra amistad no había juicio, solo un amor común por todo lo que brotaba de la tierra.

Nos pasábamos días enteros a la sombra de un sauce llorón dibujando, cada uno en su cuaderno. A veces pasaban horas hasta que uno de los dos decía una palabra. Nuestra amistad estaba hecha de silencios más que de palabras y, aun así, nadie me conocía tan bien como él.

La desilusión, cuando es grande, es un sentimiento que escupe el cuerpo entero. Desde la punta de los pies hasta el pelo, con la mayor ambición de llegar al techo. Todo el cuerpo se desilusiona al mismo tiempo, como los que practican natación sincronizada.

La ilusión, en cambio, se reduce al hemisferio norte.

# Fresno

***(Fraxinus excelsior)***

Su floración se produce de enero a abril

Klaus y yo terminamos la universidad y, con veinticuatro años, trabajábamos los dos en el mismo hospital. Cada uno tenía una buena casa, pagada casi en su totalidad por el Estado, y vivíamos bien.

Aunque pasaba mucho tiempo con Klaus, él tenía otro grupo de amigos. Siempre que me invitaban a sus reuniones secretas, yo inventaba alguna excusa y me iba corriendo a casa. Meses antes, al llegar a casa del trabajo, me había encontrado a mi padre esperándome. Me pidió que subiéramos, que el asunto era confidencial. El asunto resultó ser Klaus y su grupo de amigos. Me exigió que cortara toda relación con ellos inmediatamente, pues se trataba de un grupo de jóvenes desobedientes, con pensamientos peligrosos y que a buen seguro acabarían presos. Yo sabía que, al menos una vez al mes, el grupo se reunía con otros jóvenes en una iglesia de Berlín, donde discutían los medios para alcanzar la libertad y en cuyo sótano escondían todo el material para imprimir folletos. Incluso había llegado a ver uno en manos de alguien, pero nunca quise saber lo que decía. Un día la STASI entró en la iglesia por sorpresa para confiscar el material de impresión y llevarse a quienes estuvieran allí; por suerte, ese día no eran ellos. Durante las elecciones, el mismo grupo iba a los centros de votación para asegurarse de que todo transcurría sin ilegalidades. No tenían miedo de nada, lo que me hacía tener mucho miedo de ellos. Me alejé del grupo, pero nunca de Klaus. Fue la primera vez que desobedecí a mi padre. Intentaba tranquilizarme diciéndome que solo incumplía una pequeña parte de su petición.

El día en que Klaus cumplía veinticinco años, me pidió que nos encontráramos en el bosque después del trabajo.

Como acababa de aprender a hacer superposiciones con mi cámara de fotos, revelé una en la que estábamos los dos en ese mismo lugar y la superpuse con otra foto tomada de las ramas de nuestro árbol favorito en un día de niebla. Pensé que le gustaría.

Nada más llegar, me sentí como un animal capturado en una trampa. Allí estaban todos. Me dirigí hacia Klaus, le ofrecí mi regalo, al que él reaccionó con entusiasmo, y me senté en una piedra a idear mi plan de fuga. Entonces, vi llegar a una chica cuya cara me resultaba desconocida. Tenía una belleza muy triste, pero era imposible que nuestra mirada no se posara y se detuviera en ella. Tenía el pelo rapado, los ojos de un azul casi transparente y los labios como gajos de mandarina. Al llegar, fue a saludar a otra chica, que la abrazó y la llevó hasta Klaus. Había algo en ella que me hizo olvidar mi plan de fuga. Tenía que conocerla.

Todos nos sentamos cerca unos de otros y una de las chicas hizo la ronda para asegurarse de que no hubiera desconocidos en las proximidades. Klaus nos miró sin pestañear: «Me ha llegado información de que la embajada de Alemania en Praga nos puede ayudar a huir, pero debemos ser rápidos porque será dentro de cinco días». Todos lo celebraron con el mismo grito contenido. Presa del pánico y sin entender lo que pasaba, pregunté, sin abrir del todo la boca y casi en un susurro, pues no estaba segura de querer que se me oyera: «Pero ¿por qué queréis huir?». Todos me miraron como si hubiera dicho una monstruosidad. Veía en sus ojos una mezcla de incredulidad y miedo. «¿No sois felices aquí?» Intenté romper el silencio podrido y angustiante que se había instalado. La chica de los labios de mandarina empezó a sollozar con un llanto que parecía haber empezado solo a medias. «Perdona

—dije mientras me levantaba—, no quería hacerte llorar, es solo que no os entiendo. ¿Qué hay de malo aquí para que tengáis tantas ganas de iros? Estamos mucho mejor que al otro lado.»

La chica me agarró y empezó a sacudirme como si quisiera descoyuntarme. «¿Cómo es posible que seas tan estúpida? ¿Cómo has podido llegar a los veintitantos años creyendo que este mundo es perfecto? Nada de lo que aquí dicen del Oeste es verdad. Nos han manipulado desde niños para hacernos creer que somos superiores al resto del mundo, pero si esto fuera tan maravilloso, ¿por qué habrían construido un muro para no dejarnos salir? ¿Eh? ¿Para protegernos, tú crees? ¿Nunca se te ha pasado por la cabeza esa pregunta? ¿O has elegido ser un cordero porque es más fácil que aceptar que estos cabrones te han destruido la vida? ¿De verdad crees que al otro lado las mujeres no tienen cargos importantes? Al otro lado hay mujeres presidentas, ¡qué locura!, ¿no? Al otro lado tienen acceso al resto del mundo, incluso hay quien ha llegado a la Luna, ¡a la Luna! ¿Y nosotros? Mandamos a un cosmonauta a dar vueltas por el espacio, solo para poder restregárselo en la cara al Oeste, que todavía no había logrado enviar a nadie. En Occidente están demasiado ocupados conociendo el planeta Tierra. Nosotros podemos ir a Rusia y a la mierda de los países de la esfera comunista. ¡Qué suerte la nuestra!

»¿Sabes cómo gana dinero el cabrón de Honecker?[8] No es con nuestras exportaciones cada vez más miserables. Honecker vende ciudadanos de la RDA al Oeste, ¡vende personas! Las familias dan todo lo que tienen para ver a sus parientes al otro lado del Muro y Honecker se llena los bolsillos a costa de esa desesperación.»

Cuando me preparaba para echar a correr, me agarró de la muñeca, hundió los dedos en ella y siguió diciendo:

«Al otro lado eres libre para pensar y decir lo que quieras sin acabar como un miserable en una celda. Hace dos años intenté huir y ¿sabes lo que me pasó? ¿Lo sabes?» Me sacudió como si me exigiese una respuesta mientras se limpiaba con el brazo las

[8] Erich Honecker: líder de la RDA de 1971 a 1989.

lágrimas y los mocos que se le mezclaban en el rostro. «¡Me detuvieron! Me detuvieron, me pegaron y me violaron. ¿Y ahora? ¿Todavía te parece un lugar maravilloso? Fueron dos meses de tortura, de noche y de día. Todas las noches el mismo cabrón se ponía delante de mí y me metía su polla repugnante en la boca mientras me tiraba del pelo. Luego, se servía de mí como si fuera el menú del día, de todos los días. Mi cuerpo dejó de ser mío para ser exclusivamente un cuerpo. Hoy todavía no puedo dormir sin soñar con ese hijo de puta. Sueño que le corto la polla y el otro brazo. Sí, porque el cabrón solo tenía un brazo, pero te juro que ese brazo tenía la fuerza de diez. Y lo veo allí caído y miserable, sin poder entrar nunca más en mí ni tocarme un solo pelo.»

«No es él», pensé. Me vinieron a la memoria todas las frases sueltas que había oído decir a mi padre a lo largo de los años, cuando su cuerpo estaba habitado por aquel otro hombre de mueca demoniaca. «Esas siempre me las quedo yo.» ¿Esas? ¿Quiénes son «esas», papá? ¿Y por qué te las quedas tú? ¡Papá! No fuiste tú, dime que no fuiste tú. Corrí desesperada por el bosque. Las lágrimas me caían a borbotones. Recordé el día en que hizo llorar a mi profesora de primaria, acusándola de enseñarnos contenidos inapropiados, preguntándole al final en tono de amenaza si le gustaban sus propios hijos. Salió del aula y me sonrió sin rastro de empatía. No has sido tú, papá. Recordé a la chica del supermercado y me puse a temblar como ella. ¿Sería ella una de «esas»? ¿Por qué lo miró con terror? ¡Papá! No has sido tú, dime que no has sido tú. Los sollozos hacían que hasta me doliera la respiración, pero no quería parar, no podía parar. «Mi padre no puede ser; no es él, no es él.» Pero los conocía a todos. De dentro de mí salían gritos, aullidos que nunca antes había oído. «¿Por qué, papá? ¿Por qué me has mentido?» Vomité en la camiseta, los pantalones y los zapatos. Me vacié. «No es él, no es él. Papá, dime que no eres tú.» Ya no podía ver a mi padre, solo al hombre-demonio. «Es él.»

Cinco días después estaba en Praga.

# *EMMI*

*1949, Berlín*

*Mi hermana y yo éramos gemelas con tres años de diferencia. Había entre nosotras un lazo que creo que solo puede compararse al de los bebés que han nadado en el mismo líquido amniótico.*

*Después de la muerte de nuestro padre y con el fin de la guerra, todo se volvió aún más difícil en casa. Fueron años muy duros y empezamos a trabajar pronto para ayudar a nuestra madre. Mi mayor sueño pasó a ser casarme y ahorrarle una boca más que alimentar. En cuanto cumplí dieciocho años, decidí que había llegado el momento.*

*Aaron era nuestro vecino. Íbamos juntos al colegio. Nunca sentí nada por él, pero cuando cumplí los dieciocho le propuse matrimonio. Aaron me miró sin sorpresa y sin pasión y respondió, desprovisto de toda emoción: «Vale».*

*Los preparativos no fueron muchos, dado que no había dinero. Mi madre pasó semanas arreglando su vestido de novia y modernizándolo con unos retales y encajes que guardaba en una caja debajo de la cama.*

*Nunca me preocupó que entre Aaron y yo no hubiera amor. No eran tiempos en los que se hablara de amor.*

*Mi hermana lloraba todas las noches por mi partida mientras dormíamos abrazadas. Yo le acariciaba la cabeza hasta que el lapso entre sollozos se volvía tan largo que acabábamos por dormirnos.*

*El día de la boda nos despertamos temprano. El sol tardó en aparecer, pero a media mañana ya se había instalado un bonito día de primavera.*

*Mi hermana me hizo dos trenzas que terminaban en la nuca. El vestido estaba listo y era irreconocible, como si lo hubieran confeccionado solo para mí.*

*Las tres salimos de casa y fuimos andando hacia el registro. Vi a los hermanos de Aaron y a su madre, que nos esperaban junto a la puerta. Aaron no estaba. Miré hacia la colina que terminaba en el edificio del registro y me imaginé que subía jadeando. A medida que pasaba el tiempo, intenté mantener la calma, pese a la mirada de pánico de mi futura suegra. Fui inventándome contratiempos —corbatas perdidas, zapatos sucios, camisas sin botones— y calculando cuánto tardaría en resolverse cada uno. Miré a la madre de Aaron y vi una lágrima que le corría por la mejilla. Era una lágrima de vergüenza. Fue entonces cuando dejé de fantasear y comprendí que no valía la pena esperar, porque Aaron nunca vendría. Corrí hasta casa con una lágrima idéntica deslizándose por mi rostro, pero la mía, además de vergüenza, sabía a humillación, a la vergüenza de la vergüenza.*

*Tardé unos días en reunir valor para salir de casa. Lo hice del brazo de mi hermana y con la mirada gacha. Aaron no se escondió. Pasó junto a nosotras y nos deseó un buen día, como si todo no hubiera sido más que un sueño. En cuanto le dimos la espalda, allí estaba otra vez la lágrima resbalándome por la cara. Me la limpié con la manga de la camisa y apreté el brazo de mi hermana con fuerza, en un intento sobrehumano de fundirme con ella.*

*De este episodio solo guardo el descubrimiento de que la vergüenza es salada.*

# *EMMI*

*1958, Berlín*

*En cuanto terminé la universidad, conseguí trabajo en una pequeña escuela del centro de Berlín como profesora de primaria. Como cobraba poco, también trabajaba dos noches a la semana en un cine cerca de casa. Tenía un grupo de amigos que había conocido en la universidad y por fin me sentía feliz.*

*Mi hermana estudiaba para ser secretaria y mi madre se dedicaba ahora a hacer vestidos de novia. No se dejó abatir por la mala suerte que le había dado el primero.*

*Todos los viernes salía con mis amigos después del trabajo. Nuestro grupo estaba compuesto principalmente por unas cuantas chicas y sus novios.*

*El bar adonde íbamos era pequeño y la nube de humo tan densa que solo nos veíamos de vez en cuando. Hablábamos de los alumnos que nos daban más problemas, de nuestros preferidos y del malestar que sentíamos al tener favoritos. A las diez de la noche ya estábamos todos de vuelta a casa. Los horarios infantiles eran contagiosos.*

*Fue en una de esas noches cuando conocí a Mischa. Yo me había pedido una cerveza y estaba sentada en una mesa conversando con tres amigas cuando él entró. Era el hombre más guapo que había visto en toda mi vida. Era alto, fuerte, y tenía una mirada altiva pero dulce al mismo tiempo. Nunca me había sentido así al ver a un hombre por primera vez.*

*En medio de la nube de humo, debió de notar mis ojos fijos en su cara y me sonrió. Entonces, me encerré de nuevo en mí misma y me sentí tan avergonzada que, con una secuencia de gestos torpes, derramé la cerveza.*

*Cuando por fin tuve valor para despegar la mirada del suelo, allí estaba él, justo delante de mí, invitándome a bailar.*

*Bailamos hasta que cerraron el bar. A Mischa le faltaba parte de un brazo, pero fue la primera vez que me sentí verdaderamente abrazada. Su otra mano fue ganando familiaridad con la mía hasta que nos olvidamos de cuál pertenecía a quién. Mi corazón latía a un ritmo frenético. Yo apartaba mi pecho del suyo por miedo a que pudiera oír la fiesta loca que se celebraba dentro.*

*Le conté algunas cosas sobre mí, en su mayoría irrelevantes. Le hablé de mi trabajo en la escuela y de las noches en el cine. Él me dijo que tenía un cargo en el Gobierno. Solo eso. Lo suficiente para que volviera a casa perdidamente enamorada.*

Es solo un zapato ahogado en el barro
No me muevo
¿Será mi zapato ahogado en el barro
O yo ahogada en el barro con el otro zapato fuera?
Tal vez ambas cosas
Al menos nos hacemos compañía

## Carpe

***(Carpinus betulus)***

Crece de forma lenta

Solo llevaba mi mochila de campamento con una muda de ropa, un cepillo de dientes y el herbario. El peso de la conciencia, ese, era el más difícil de cargar.

Durante el viaje fui incapaz de decirle nada a Klaus. La joven que un día fui había desaparecido y desconocía a la que ahora ocupaba su lugar. Viajamos de la mano casi las seis horas de trayecto en autocar. Si me hubiera soltado, me habría hundido.

Yo no era la única con miedo. En la mirada de todos los que viajaban con nosotros había diferentes formas de miedo. Aquel silencio aterrador solo se quebraba cuando los bebés lloraban. Y cada llanto de un bebé era un grito de pánico que se tragaba cada uno de nosotros. Pánico de que alguien nos oyera, de que ellos nos oyeran.

Llegamos por fin a la embajada de Alemania Occidental en Praga. Me quedé perpleja al ver decenas de tiendas de campaña llenas de gente en el jardín. Más tarde me enteré de que llegamos a ser unas seis mil personas en aquel espacio. El silencio del viaje se transformaba ahora en una alegría compartida, en una comunión de esperanza.

La chica de labios de mandarina nos esperaba con otras dos amigas. Echó a correr hacia Klaus y permanecieron abrazados mucho rato. No sentí celos. No sentí nada.

Nos llevaron a un emplazamiento y nos enseñaron nuestro rincón. En nuestra tienda dormían dieciséis personas.

Yo seguía sin poder hablar. Temí que fuera permanente, que hubiera perdido la voz para siempre.

Los seguí de un lado para otro, solo un cuerpo, de pie.

Tras una semana en la embajada, yo seguía sin hablar. Nadie me forzaba. Tenía mucho miedo de que Klaus quisiera conversar sobre mi reacción en su cumpleaños, tenía miedo de que en mi voz sonara la de mi padre, de que mi cara se transformase en la suya. Klaus pedía la sopa por mí como si yo estuviera enferma. Y lo estaba. El dolor del alma afecta más al cuerpo que el dolor que brota del propio cuerpo.

Nadie sabía cuánto tiempo tendríamos que esperar para poder salir ni si eso llegaría a suceder. Sin embargo, el ser humano se adapta a todo; en eso somos distintos de las plantas. Las plantas solo crecen donde encuentran condiciones perfectas para desarrollarse. Nosotros, los seres humanos, muchas veces tenemos que crear condiciones perfectas en un lugar imperfecto.

Fue al final de esa primera semana cuando Annika (la chica de labios de mandarina ya tenía nombre) entró jadeando en la tienda donde yo dibujaba. «¡Tienes que venir! Hay un niño con mucha fiebre en una de las tiendas y está con convulsiones. No encuentro a Klaus. ¡Tienes que venir deprisa!»

Annika tuvo que arrastrarme porque no fui capaz de reaccionar. La médica era la persona que yo había sido en otra vida, no en aquella, no allí.

No tuve mucho tiempo para pensar. Llegué a la tienda y el niño, de cuatro o cinco años, estaba tumbado en el suelo. La madre gritaba desesperada. Me senté a su lado y las palabras empezaron a salir de mi boca sin que me diera cuenta. «Vamos a desnudarlo. Que alguien vaya a buscar una toalla o un paño y una palangana con agua fría.»

La fiebre bajó, las convulsiones pararon, pero aquella noche dormí junto a Bruno. Era un niño muy guapo, con unos ojos camaleónicos, de esos que cambian de color según el estado del tiempo.

Al día siguiente lo dejé con la certeza de que había sido él quien me curó, y no al revés.

La tercera semana ya no sentía miedo, o tal vez estaba tan habituada a vivir así que no lo notaba, como ocurre con las enfermedades crónicas. El miedo era mi enfermedad crónica.

Seguía soñando todas las noches que mi padre entraba en el campamento buscándome y que me encontraba al lado de Annika. El sueño era siempre el mismo. Él me miraba a los ojos y me decía: «Eres la mayor desilusión de mi vida», luego agarraba a Annika por la muñeca, le daba una bofetada que le dejaba la cara de un rojo sangre, y empezaba a desnudarla. Siempre me despertaba en ese momento. Dicen que despertamos de los sueños cuando lo que vamos a ver es demasiado para soportarlo, como cuando soñamos que vamos a morir y despertamos antes de que la muerte se concrete. Todas las noches despertaba enfadada ante mi impasibilidad. Todas las noches dejaba que él hiciera lo mismo.

Empecé también a pensar en mi madre, en su apatía y en el desprecio que sentía por mi padre. ¿Conocería ella al hombre terrible que yo acababa de descubrir? Si esa era la razón de su odio, ¿por qué me odiaría también a mí?

Después de ayudar a Bruno, aparecieron los médicos de la Cruz Roja. Klaus y yo nos unimos a ellos. Me hacían sentir útil y me mantenían ocupada.

Fueron semanas enteras de lluvia. Dormíamos abrazados en las tiendas para no sentir el frío y vivíamos a base de sopa.

Las condiciones iban empeorando día a día. Con la persistencia de la lluvia, el barro cubría el exterior de la embajada y hacía casi imposible acceder a la comida y a las otras tiendas. El otoño llegó antes de tiempo y con él las neumonías. Lo máximo que teníamos para calentarnos eran unas mantas y el calor humano. Vivíamos en un auténtico campo de batalla. A pesar de todo, nunca vislumbré desánimo: no era bienvenido por allí.

La noche del 30 de septiembre, Hans-Dietrich Genscher, ministro de Asuntos Exteriores de Alemania Occidental, apareció en el balcón de la embajada. Oímos rumores de que algo importante estaba a punto de suceder. Decenas de personas treparon por los andamios que había bajo el balcón para estar más cerca del ministro. Adultos y niños aguardaban impacientes palabras de libertad. Hubo un silencio general. Los corazones latían tan fuerte que casi podíamos escucharlos en aquel silencio de muerte con regusto a vida. Busqué la mano más cercana sin mirar y la apreté con fuerza; no me importaba de quién fuese.

«Queridos compatriotas alemanes, estamos aquí para informaros de que hoy vuestra partida…» No se pudo oír nada más. La alegría nos inundó. Lloramos, nos abrazamos, bailamos, gritamos. A lo largo del resto de mi vida nunca volví a ver tantas lágrimas mejilla contra mejilla junto a sonrisas como aquella noche.

Todos compartían sus planes, cómo sería su nueva vida, en qué se traduciría su libertad. Yo no tenía planes, nunca había pensado en ello. Llevaba siete semanas esperando conquistar una libertad que hasta hacía poco tiempo no sabía que existía. Nunca me había parado a pensar qué haría con ella.

## *EMMI*

*1958, Berlín*

*Mi semana empezaba el jueves.*

*Iba al cine directamente desde el trabajo en una lucha conmigo misma para no echar a correr y llegar toda sudada.*

*¿Estaría él esperando una respuesta? No sabría qué decir. Sería incómodo entregarle una carta a mi jefe. ¿Y si la abriese? Nunca abrió las de Mischa. Quizá responda la próxima vez. ¿Y si no hay próxima vez?*

*Entraba y me hacía la indiferente, no fuera a darse el caso de que aquel jueves no hubiera nada esperándome, o de que Mischa simplemente hubiera desistido. Aaron desistió. Me prometí a mí misma estar mejor preparada esta vez.*

*Daba los buenos días a mi jefe y trataba de actuar con la mayor naturalidad posible hasta que me dijera algo como: «Aquí tienes tu carta semanal» o, cuando estaba de buen humor: «No sé qué le has hecho, pero parece realmente enamorado». Yo seguía interpretando un personaje indiferente, cogía la carta y respondía con un «gracias» desinteresado mientras me la guardaba en el bolsillo de la camisa. Luego, pasaban unos minutos más hasta que mi personaje, naturalmente, tenía que ir al baño. Los minutos parecían horas. Era un deseo loco de expulsar el corazón que tenía atrapado en la garganta, una mezcla de falta de aliento todavía por la carrera y por el nerviosismo de estar finalmente a solas con Mischa.*

*Exactamente tres jueves después de habernos conocido, llegué jadeando una vez más al cine. Esperé con mi aparente tranquilidad la frase del señor Hermann, pero nada. Sabía que me había prometido a mí misma estar preparada, pero en ese momento constaté que no había preparación posible para el abandono. El abandono es un golpe con el puño cerrado. No por esperado duele menos.*

*«Mira, Emmi, parece que el chico finalmente se ha atrevido», dijo mi jefe señalando la puerta. Otro golpe.*

*«Hace casi un mes que no recibo respuesta. He pensado que sería mejor entregarte la carta personalmente para no correr el riesgo de que se extraviara», dijo Mischa con una sonrisa, agitándola en el aire. «Salgo a las diez», fue lo único que pude responder mientras me guardaba de nuevo la carta en el bolsillo de la camisa.*

Solo es verdaderamente libre quien no piensa en la libertad, quien la vive.

Pensar en lo que significa ser libre es encerrar la libertad en un concepto. Y, si es para dar a la libertad solo un hogar, que sea el de nuestra boca.

# Avellano

***(Corylus avellana)***

Tiene flores femeninas y masculinas

Esa misma noche subimos a un tren rumbo a Berlín Occidental, y fue solo una vez allí, en medio del caos, cuando nos pidieron los documentos de identidad. Klaus me puso la mano en el hombro, como si pudiera adivinar todo lo que pasaba por mi cabeza. Cogió mi tarjeta y la entregó. Él confiaba en aquel hombre uniformado. Yo confiaba en él.

Para llegar al destino tendríamos que pasar por la RDA, pero nos prometieron que sería seguro y que todo transcurriría sin sobresaltos. Bautizamos el tren como «tren hacia la libertad». Para quien nunca ha sido libre, es difícil sentirse libre. La libertad no se toma de una sola vez, es como esas pastillas grandes que partimos en dos por miedo a que no nos pasen por la garganta. La libertad no se traduce en el cuerpo como la alegría o la tristeza. De un momento a otro somos libres, pero todo parece igual. Es con el paso de los días cuando la libertad se asienta. Es en la extinción del miedo donde se revela. Yo tardé un tiempo, quizá pasaran meses hasta que me sentí verdaderamente libre. Puede que por haber descubierto tan tarde que nunca lo había sido, o tal vez por no saber con certeza lo que significaba.

Esa noche partieron varios trenes hacia la libertad. Cientos de personas embarcaron con sus familias, amigos o nuevos conocidos, cantando y bailando al son de una histeria embriagada, descontrolada y contagiosa. Annika y Klaus eran ahora pareja y bailaban un vals en medio del vagón sin darse cuenta de quién pasaba a su lado.

Encontré un asiento junto a la ventana y no aparté la vista del cristal durante todo el viaje. Nunca había salido de los países del Este, no sabía cómo sería el otro lado. Quería capturar el instante exacto en que el tren cruzara de una Alemania a la otra. Recuerdo mi desilusión al constatar que, de noche, la libertad es tan negra como la represión.

La vida está hecha de momentos presentes que alteran el futuro. Rara vez se habla de los momentos presentes que alteran el pasado, porque nada debería alterar el pasado. Es la única seguridad que tenemos.

# Castaño

***(Castanea sativa)***

Cuando el árbol envejece, el tronco queda hueco

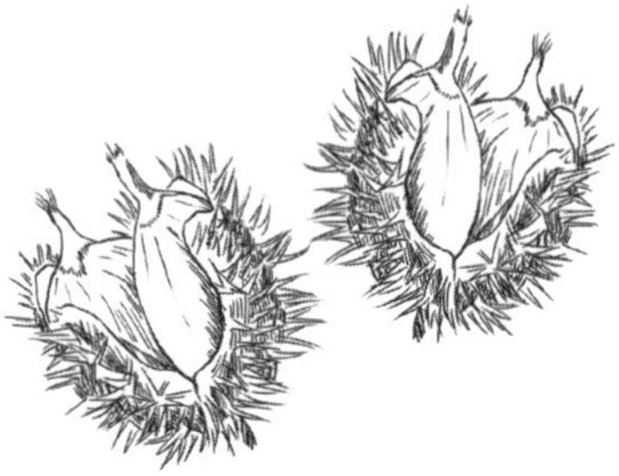

Era Italia. Para Klaus siempre había sido Italia.

Yo no sabía nada sobre Italia, pero tampoco sabía nada sobre ningún otro país fuera de la esfera soviética, así que Italia me pareció una buena opción.

Cuando llegamos a Berlín Occidental, la fiesta era enorme. Había una marea de gente celebrando. Personas cantando y bebiendo champán. Muchos abrazos y muchas lágrimas. Yo no era más que una espectadora de aquella felicidad. Pensé en la tía que nos enviaba ropa. ¿Y si estaba allí? ¿Me recibiría en su casa? ¿Mi madre le habría escrito hablándole de mí? Pensé en mi abuela, en si aún estaría viva. Pensé que mi tía quizá encontraría la manera de avisar a mis padres de mi huida. Pensé que, aunque los avisara, ya no podrían hacer nada. Pensé que la mejor decisión era irme con Klaus y Annika a Italia. Pensé en lo difícil que sería empezar una vida nueva en otro país. Pensé que lo mejor sería dejar de pensar.

Cambiamos de tren en Austria. Klaus pagó los billetes; mi único bien era mi herbario. Decidimos que el destino sería Italia, sí, pero concretaríamos la región más adelante. Para alguien que seguía adormecida como consecuencia de la única decisión que había tomado en su vida, cualquier resolución posterior adquiría una importancia muy insignificante.

A pesar de los esfuerzos de Klaus por hacerme sentir integrada, yo no conseguía estar feliz. Durante aquellas semanas en la embajada, me pregunté muchas veces por el verdadero significado de la felicidad. Revisé con lupa todos los momentos de mi infancia, sobre todo los archivados como momentos felices. Cuando mi mundo se vino abajo, lo arrastró todo con él. Volví a esos episodios, pero esta vez con asco y repulsión, borrada de un solo golpe toda la alegría de mi pasado. La mano fuerte y cálida de mi padre, que siempre me había transmitido seguridad, era ahora una mano áspera y sudada. Ya nada era como antes, ni siquiera los recuerdos del pasado.

Sentí mucha envidia de todos. Yo también quería abrazar y reírme a carcajadas, pero me sentía hueca por dentro, sin órganos, sin huesos, sin agua. Nunca lloré. Sin agua, ¿cómo hubiera podido?

Si estamos atentos, hay varias salidas en la carretera del desánimo. Solo que no están debidamente señalizadas.

## Lavanda

***(Lavandula)***

Combate la ansiedad y el insomnio

Conocimos a dos chicos, también alemanes, en el tren hacia Italia. Nos contaron que iban a la recogida de aceitunas en un lugar llamado Castagneto Carducci. Nos sugirieron que nos uniéramos a ellos.

Bajamos en Lucca. Me acordé de los niños a los que operan de los oídos, del choque inicial al empezar a escuchar el mundo a su volumen real. Todo era demasiado. Demasiado alto, demasiado rápido, demasiado recargado, demasiado confuso. Nunca había oído un idioma que no fuera alemán o ruso y, por mucho que lo intentara, no entendía ni una sola palabra.

Seguí a los chicos para sentirme más protegida. Ellos se dirigieron hacia un hombre con una barriga generosa, muy bronceado, que los estaba esperando. «*No, noxe fio spaxioper lorro*» fue lo que oí entre un ajetreo frenético y una cabeza que, cada vez que decía «no», parecía desenroscarse un poco más. Aunque no entendiera italiano, era fácil descifrar que no éramos bienvenidos en casa de aquel hombre con sus aceitunas.

Los chicos que conocimos en el tren se fueron avergonzados y nosotros nos quedamos allí, los tres, en medio de todo, sin nada.

A nuestro lado había una mujer que había ido a acompañar a una chica a la estación. Presenció nuestro rechazo mientras la ayudaba a subir con una maleta los escalones del vagón. Se despidió de ella mientras el tren se alejaba, pero nos miraba entre cada adiós con la mano, como comprobando si todavía estábamos allí. Cuando el tren se volvió demasiado pequeño para distinguir sus adioses, la mujer empezó a balancearse de derecha a izquierda, como si la pierna derecha quisiera dirigirse hacia la salida y la izquierda quedarse donde estaba. Hablaba sola, quizá intentando convencer a sus piernas de que se pusieran de acuerdo. Finalmente nos miró, esta vez con decisión, se sacó del bolso una bolsita de té y nos la mostró. «*Sì?*» No entendimos si nos quería invitar a trabajar o a tomar té, pero aceptaríamos cualquiera de las dos ofertas, así que dijimos que sí sin siquiera comentarlo entre nosotros. «*FRRAAANNNCCESSSCCAAA*», gritó señalándose mientras nos enseñaba dónde había aparcado el coche. Cada uno dijo su nombre reproduciendo el gesto.

Ninguno abrimos la boca durante todo el trayecto. Pensamos que sería inapropiado hablar un idioma que Francesca no entendiera.

No recuerdo exactamente cuánto tardamos en llegar, pero seguro que fue más de una hora, lo que nos dio algo de esperanza, porque sería muy extraño llevar a alguien tan lejos solo para tomar té.

Entramos en una finca y seguimos el camino asfaltado que terminaba en una gran casa de piedra. Todo era muy bonito. Había muchos cipreses, laureles, encinas, olivos, adelfas, pitósporos japoneses. Empecé a llorar. Algo en mí había sobrevivido. La naturaleza todavía formaba parte de mí. Los ojos de Klaus también brillaban. No nos dijimos nada, pero sabía que a él también le debía de extrañar sentirse como en casa en aquel lugar.

«*ANGELOOOO!*», gritó Francesca por la ventana mientras aparcaba el coche frente a un abeto. Me dio la impresión de que los nombres italianos eran todos muy largos.

Apareció un hombre con sombrero, con un ramo de camelias blancas en la mano. Empezaron a hablar muy alto. Él entró en la casa con pasos pesados y ella fue detrás gritando y gesticulando. Nos quedamos mirándonos sin que nadie se atreviera a hablar.

Ya estábamos los tres preparados para volver a la estación cuando Francesca abrió la puerta del coche y nos hizo un gesto para que la siguiéramos. Nos llevó a una casa más pequeña, junto a la principal; la señaló y luego hizo ese movimiento de pulsar dos veces una tecla en el aire con el dedo índice. Entendimos que allí íbamos a dormir.

La casa más pequeña era, en realidad, diminuta. Tenía solo una cama de matrimonio y un sofá. Francesca apareció con sábanas, toallas, champú, jabón y ropa limpia. Solo cuando me metí bajo el chorro me di cuenta de que hacía dos meses que no me duchaba como era debido. Lloré de nuevo. Las duchas nos ayudan a llorar: quizá porque nadie nos puede oír, quizá porque nuestras lágrimas se vuelven insignificantes comparadas con el agua que corre por nuestros cuerpos, quizá porque estamos desnudos y eso nos hace sentir aún más vulnerables. Las duchas son llantos, al menos para mí.

## *EMMI*

*1958, Berlín*

*Mischa era de Berlín Oriental. Solo me lo contó la noche en que fue a verme al cine. Eso lo cambiaba todo. Aunque, al final, no cambió nada. No sentí menos por él. Era un amor ciego y sordo, pero era mío, mi primer gran amor. Mi única preocupación era cómo decirle a mi madre y a mi hermana que estaba enamorada de alguien del Este que trabajaba para el Partido. Quizá sería mejor guardarlo en secreto, pero ¿hasta cuándo? Amar en secreto debería estar prohibido. Era como intentar contener un sollozo durante todo el día. Imposible.*

*Las cartas seguían llegando todos los jueves y a ese ritual se sumaba el encuentro del domingo. Todos los domingos a las cinco de la tarde.*

*Incapaz de soportar más el peso del secreto, decidí contárselo a mi hermana y, más tarde, a mi madre. El primer amor es imposible de esconder, amamos con todo el cuerpo, es un amor descarado. Lo conté, pero dejé de lado los detalles. No eran más que detalles. Como era de esperar, el sollozo no desapareció del todo. Tendría que aprender a vivir con él.*

*Poco a poco, Mischa me fue hablando de su trabajo y me fue explicando cómo la visión que yo tenía del Este estaba distorsionada. Al principio guardé esa información para mí, pero se me hizo cada vez más difícil escuchar lo que se decía en casa de mi madre sobre el Partido Socialista sin defenderlo, sin defenderlos.*

*De pronto, todo se volvió muy evidente. El empeño de Alemania Occidental por instigar el odio hacia la RDA con toda suerte de comparaciones y discursos sobre una libertad que no era tan libre. ¿Cómo podíamos considerarnos libres si en la RDA una mujer podía divorciarse y en la Alemania Occidental no? Me sentí estúpida por no haberlo comprendido antes y por haberme dejado arrastrar por un lavado de cerebro colectivo. Me sentí estúpida por criticar el plan quinquenal sin conocerlo a fondo y sin pensar que en la Alemania Occidental cada vez había más millonarios mientras yo seguía necesitando dos trabajos para ayudar en casa. Me sentí estúpida por creerme una mujer libre y no saber que, al otro lado, las mujeres eran tratadas igual que los hombres, que allí no existía la idea de trabajos femeninos y trabajos masculinos. En Occidente estábamos demasiado ocupados pensando en la próxima ropa que íbamos a comprar o en el coche de nuestros sueños. Me sentí estúpida al saber que, mientras al otro lado abrían teatros y cines todos los días, en Occidente era el capitalismo el que imperaba y nunca el arte. Tenía que contárselo a mi hermana. No quería que siguiera siendo estúpida como yo. Era mi deber como hermana mayor.*

Cada árbol es una madre. Ve a los hijos que nacen y parten. Nunca abandona su lugar. Muere de pie.

## Camelia

*(Camellia japonica)*

Ayuda a combatir el asma y las enfermedades pulmonares

Francesca llamó a la puerta y nos pidió que la acompañáramos una vez más. Nos llevó a ver la huerta donde crecían tomates cherri, tomates pera, tomates corazón de buey y tomates en rama. La huerta estaba llena de calabazas, lechugas y pimientos, intercalados con menta, albahaca, salvia, perejil, cebollino y cilantro. Todo estaba organizado y bien cuidado. No había una mala hierba. Francesca recogió algunos tomates, un manojo de albahaca, una berenjena y dos cebollas, y lo puso todo en un cesto.

En la RDA formaba parte del currículo escolar aprender desde muy temprano todo sobre agricultura. Cuidar de una huerta era algo que los tres sabíamos hacer con los ojos cerrados.

Detrás de la huerta crecían los árboles frutales: perales, manzanos, melocotoneros, ciruelos, higueras, limoneros y albaricoqueros. Francesca iba pasando por cada uno y decía el nombre de las frutas en italiano, igual que se había presentado por la mañana: «*PEEEREEEE*», «*FIIICHIIII*», «*PRUUGNEEEE*». Me alegró comprobar que muchos de los nombres en italiano se parecían a los científicos. Quizá no fuese imposible aprender aquella lengua.

Seguimos por un sendero de piedras con olivos a ambos lados hasta llegar a los invernaderos que habíamos visto desde la carretera principal. Eran dos invernaderos enormes de camelias y uno más, aún en construcción, donde Angelo estaba trabajando. Entonces entendí el porqué del té que Francesca nos había enseñado: era la infusión que se hacía con *Camellia sinensis.*

Después de la mímica de una mano haciendo de tijera y la otra como quien lanza algo por encima del hombro, comprendimos que ya habían recogido las flores aquel año.

Francesca nos llevó después a la cocina de su casa. Depositó el cesto sobre la mesa y nos asignó tareas, explicando cada una con mucha calma y paciencia.

Puso el agua al fuego, le echó un poco de sal gorda y destapó dos bandejas de espaguetis enrollados en pequeños montones aún enharinados.

Nunca había cocinado con tantos ingredientes frescos. La berenjena y la albahaca solo las conocía de la enciclopedia; en cuanto al tomate, ese era más habitual verlo, pero solo en las etiquetas de las latas.

«*Pasta alla norma*», dijo Francesca orgullosa, sujetando la olla después de mezclar la salsa con los espaguetis. El olor de aquella pasta era el aroma más maravilloso del mundo. No sabía que la comida podía oler así.

Llevó la olla a la mesa y empezó a servir nuestros platos, rallando queso por encima de cada uno. «*AANGELOOO, al tavolo!*», gritó hacia el jardín.

Angelo apareció y nos sentamos todos a la mesa. Cuando di el primer bocado, me entraron otra vez ganas de llorar, pero me las tragué con la salsa de tomate. Nunca había comido nada parecido, con sabor, con tanto sabor. El tomate era dulce, la cebolla cremosa y la berenjena…, ¿cómo había vivido tanto tiempo sin probar la berenjena? ¿Y la albahaca? ¿Cómo podía una hoja tan pequeña contener tanto aroma y sabor? Al cabo de unos cuantos bocados, el llanto se volvió imposible de contener. Como una amapola que en un minuto está firme y radiante y al siguiente frágil y mustia. Aquel plato divino solo me hacía pensar en la mentira que había sido mi vida, en todas las cosas maravillosas que me habían ocultado, en todo lo que no había vivido. Francesca se levantó y vino a abrazarme, lo que me hizo llorar aún más. Nunca me había abrazado así nadie salvo mi padre. Lloré durante mucho tiempo. Hasta que todos hubieron terminado de comer.

Con la *pasta alla norma* hice el duelo de mi pasado, del que había vivido y del que me quedaba por vivir.

Cuando el llanto se convirtió en suspiro, Francesca se levantó y fue a buscar el postre. «*TIRAMISÙ!*», dijo con su sonrisa dulce que en tan poco tiempo se había vuelto tan familiar. Volvió adentro y trajo un mapa. Se señaló primero a ella misma y luego a la región de Italia donde nos encontrábamos; después nos señaló a nosotros. Annika puso el dedo en Leipzig. La pareja italiana se quedó inmóvil. «*Berlino?*», preguntó Angelo mientras intentaba reproducir un muro colocando una mano tras otra. Los tres asentimos. En aquel momento hubo un silencio que nada tenía que ver con la barrera lingüística. El silencio de las palabras no dichas es aún más mudo que el silencio accidental.

Francesca, en un intento por volver a la normalidad, empezó a servirnos tiramisú mientras preguntaba: «*Lavoro?*». Solo después de mucha mímica entendimos que nos preguntaba por nuestras profesiones. «*Arzt*», dijo Klaus. Por las cejas levantadas de la pareja italiana, comprendimos enseguida que no habían entendido. Klaus probó otra cosa: «*Medizin*», dijo mientras fingía auscultar a Annika.

«*MEDICINA!*», gritaron los dos a la vez como si fuese un juego. Yo dije «medicina» señalándome a mí misma y Annika se arriesgó con «*Bildhauer*»,[9] pero nada. Lo intentó otra vez, «*Künstler*».[10] Nada. Decidió olvidarse de la escultura y decir que era pintora. La mímica era más fácil. «*PITTRICE!!*», exclamaron los dos al mismo tiempo, felices de formar un equipo ganador. Me descubrí riendo, sorprendida de saber hacerlo todavía.

[9] Escultora.
[10] Artista.

Aprender un idioma es mucho más que memorizar palabras y comprender la gramática. Es ser masticado por un país y escupido de nuevo.

Solo dominamos un idioma de verdad cuando es él quien habla a través de nosotros.

## Equinácea

***(Echinacea purpurea)***

Antibacteriana, antiviral y antiinflamatoria

Cuando despertamos al día siguiente, el coche de Francesca no estaba aparcado frente al abeto. En nuestra puerta habían dejado una cesta con café, tres panecillos y un tarro de crema de chocolate y avellanas. La noche anterior Klaus había insistido en que compartiera la cama con Annika, pero le aseguré que dormiría mejor en el sofá. Y dormí. Dormí como no dormía desde hacía meses. Volví a soñar con Mavie. La vi sonriendo mientras abrazaba un enorme ramo de camelias.

Nos comimos los panecillos y nos bebimos el café. A Klaus le gustó tanto la crema de avellanas que se comió casi todo el tarro a cucharadas.

Llamamos a la puerta de la casa grande, pero como nadie respondió, fuimos a los invernaderos a ofrecer nuestra ayuda. Angelo estaba trabajando en la construcción del tercer invernadero y nos recibió con una sonrisa. Tras unos minutos de observación y aprendizaje, nos unimos a él y empezamos a ensamblar los tubos de acero para la estructura. No se trataba de un trabajo sencillo, incluso para cuatro personas. Costaba imaginar cómo Angelo había sido capaz de montar los otros dos invernaderos solo.

Cuando regresamos para comer, el coche de Francesca ya ocupaba su lugar. Nos recibió con la mesa puesta y dos diccionarios, uno italiano-alemán y otro alemán-italiano. Fue una comida muy divertida con los diccionarios pasando de mano en mano. Frases construidas solo con verbos y sustantivos. Annika aclaró el malentendido sobre su profesión y explicamos que habíamos huido de la RDA. No es que esa cuestión no hubiera quedado clara la noche anterior, pero ahora teníamos palabras y, por tristes que fueran, sonaban muy bonitas en italiano. Aprendí a decir *grazie*, palabra que utilicé todos los días de mi estancia en casa de Francesca y Angelo.

Le pedí a Francesca hojas de papel y un bolígrafo para ir anotando todas las palabras nuevas que aprendía. *Acqua*, *fiore*, *tè*, *pomodoro*, *pasta*, *pane*, *formaggio*, *felicità*.

Dejar que cuiden de nosotros no es una debilidad.
Es una inevitabilidad.

## Jazmín rosa

***(Jasminum polyanthum)***

Alivia el estrés y la ansiedad

Yo ayudaba a Angelo a cuidar de las flores mientras él se ocupaba de mí.

Me enseñó a quitar las ramas muertas y las ramas parásitas. Me explicó que la infusión de camelia, además de ser un buen tónico, es un antiinflamatorio natural, combate las enfermedades cardiovasculares y también es antioxidante. Los ojos de Angelo brillaban al hablar de sus camelias. Era el único productor de té de camelia en toda Europa y eso lo llenaba de orgullo.

También me enseñó a preparar té. Lo hacían al estilo chino. Marchitaban las hojas mediante la estabilización del calor seco, mientras las giraban en una rueda. Todo se hacía de forma artesanal.

Pero Angelo no solo adoraba las camelias; le encantaban todas las plantas. Me enseñó que la poda del pitósporo es diferente de la de las camelias: en el pitósporo hay que eliminar las ramas inferiores. Aprendí que la adelfa es tóxica, al igual que la hierba carmín, que puede florecer cuatro veces al año y que debe ser pellizcada siempre que termina de florecer.

El geranio y la buganvilla eran la pareja más bonita de la fachada de la casa grande, pero, como todas las parejas, eran muy diferentes. Las buganvillas tenían que esperar a la primavera para que las podaran; los geranios se podaban antes del invierno para poder soportar el frío. Las plantas son personas, cada una con sus características: unas más sensibles, otras más fuertes; unas necesitan más atención, otras son más independientes. Son personas.

Con Francesca aprendí a transformar las plantas en aceites, jarabes, pomadas, cremas, jabones y champú. La ayudaba a colocarlo todo en los frascos y a etiquetarlos para venderlos en el mercado del domingo.

Me descubrí feliz.

Te perdí por segunda vez. Solo entonces me di cuenta de que había habido una primera.

## Diente de león

***(Taraxacum officinale)***

Ayuda a controlar la diabetes

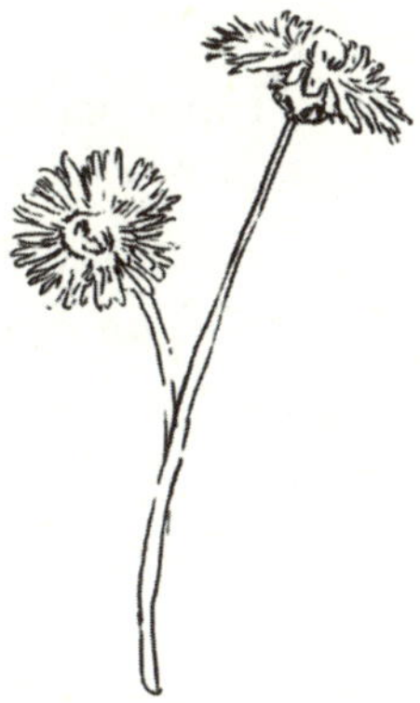

Klaus había vuelto a dibujar. Insertaba las nuevas flores mediterráneas en su cuaderno cuando no estaba ayudando a Angelo a terminar la estructura del invernadero. Se pasaba horas examinando cada flor y, para gran alegría de Angelo, dedicó medio cuaderno a las camelias. Dibujaba camelias desde todos los ángulos, los cinco sépalos, los pétalos, las hojas, e incluso la flor abierta con la explicación de su anatomía vegetal.

Tres semanas después de nuestra llegada, el invernadero quedó finalmente terminado y Klaus anunció que él y Annika se iban a buscar trabajo en Florencia. Annika estaba fascinada con los libros de Francesca sobre la Galería de los Uffizi y quería probar suerte en esa ciudad que respiraba arte. Me propusieron ir con ellos. «Puedes mejorar tu italiano y tratar de encontrar trabajo en un hospital.» Yo no quería trabajar en un hospital. Quería quedarme.

Esa noche, con la ayuda del diccionario, Klaus agradeció a Francesca y Angelo todo lo que habían hecho por nosotros, contándoles que él y Annika partirían al día siguiente hacia Florencia.

Francesca, que ya se había hecho un bolso de punto para llevar siempre el diccionario al pecho, buscó *dispiace* en alemán, pensando que «*mi dispiace*» no aparecería; quería verbalizar su pesar. Miró a Klaus y dijo en un alemán muy tierno: «Con permiso». Los tres nos reímos sin poder recuperar el aliento, lo que hizo que Francesca y Angelo también se rieran. Lloramos de risa. Lloramos y reímos.

A la mañana siguiente, Francesca le dio a Annika el contacto de su hija Giulia, que vivía en Florencia, y un frasco de crema de avellanas para el viaje. Los acompañó a la estación mientras yo me dedicaba a arrancar malas hierbas.

Eché de menos a Klaus en las cosas grandes y en las más pequeñas: en el herbario que volvía a ser solo mío, en su lugar vacío en la mesa, en las noches en que las estrellas eran más brillantes y yo la única que recorría la Osa Mayor con el dedo índice. Soñé con él muchas veces.

Después, la vida siguió su curso y guardó a Klaus en el cajón del pasado.

Podéis bailar borrachos
Cantar emocionados
Que yo aquí no voy a oír
Podéis gritar de exaltación
Llorar de emoción
Que yo aquí no voy a oír
Podéis incluso llamarme
Y juro que aun así
Yo aquí no voy a oír
Esa alegría no es mía
Bailad, que estoy bien sola
Y aquí ni siquiera voy a oír

## Árnica

***(Arnica montana)***

Tiene propiedades analgésicas, anticoagulantes y antiinflamatorias

Nada más entrar en la casa grande para desayunar, Francesca apagó la televisión y me entregó un papel con cuatro palabras en alemán: «muro Berlín finalmente caer». Luego corrió a encender la televisión para mostrarme las imágenes de Berlín Occidental de fiesta. Se lo agradecí, me bebí la infusión de un trago y fui a echarle una mano a Angelo en la huerta.

# *EMMI*

*19/9, Berlín*

*Fue un año complicado en casa de mi madre. Mi hermana y yo estábamos obsesionadas con el Este y mi madre se fue dando cuenta. No discutíamos el tema delante de ella, pero era imposible que no percibiera nuestro entusiasmo. Nos creíamos más inteligentes que nuestros amigos y vivíamos embriagadas con la adrenalina de la rebeldía.*

*Notaba a mi madre cada vez más triste y desesperada, pero sabía que no valía la pena hablar con ella; estaba empeñada en sus ideas. Para ella, Walter Ulbricht*[11] *era el demonio y el Este el infierno.*

*Íbamos casi todos los fines de semana a Berlín Oriental. Con la llegada del calor, los días los pasábamos en los lagos. Allí, las mujeres eran diferentes. Mostraban los pechos sin pudor, confiadas y orgullosas de sus cuerpos. Me costó acostumbrarme, pero tras unas semanas ya enseñaba mi pecho con orgullo. Nunca he vuelto a sentirme tan guapa y sensual como en esos meses. A veces, Mischa me llevaba a conocer lugares más secretos donde nadábamos y hacíamos el amor.*

*Por la noche íbamos al teatro, a conciertos, a ver ballet y a reuniones del Partido. Tras los espectáculos, asistíamos a fiestas donde bailarines, actores, músicos, pintores y tantos otros artistas se reunían para hablar de arte. Nunca había visto nada así. Yo, que nunca me había sentido fuera de lugar, comprendía ahora que lo había estado toda la vida. Ese, sí, era mi lugar. En una de esas fiestas me senté a beber una cerveza y sentí un hombro rozar el mío. Miré al lado y vi a Svetlana Adyrjáyeva. Svetlana era una bailarina rusa, la más grá-*

---

[11] Líder comunista alemán y dirigente máximo de la RDA de 1960 a 1971.

*cil que jamás había visto. Quise hablarle de mi sueño de ser bailarina, pero me di cuenta de lo ridículo que sería viniendo de una mujer de veintiocho años que no bailaba desde hacía veinte. Me limité a admirarla. Era hermosa.*

*No todo era maravilloso en el Este, pero la pasión nos nubla la vista. Mi hermana comentaba muchas veces lo gris que era aquel mundo: las casas, las calles, los coches y la mayoría de las personas; pero el amor nos ciega de entusiasmo. Para mí, todo era nuevo y colorido.*

*Me alejé de mis amigos de la universidad al sentir que ya no teníamos nada en común. Ninguno de ellos comprendía el significado de aquellas noches mágicas. Sus conversaciones se habían vuelto aburridas y poco interesantes. Hay relaciones por las que vale la pena luchar y otras que no.*

*Una de las noches que fuimos a ver ballet, lloré. Quise llorar muchas otras veces mientras veía aquellas piruetas magistrales, pero me contenía. Aquella noche, me desbordé. «Cuando nos casemos, volverás a bailar», me dijo Mischa, y fue suficiente para abrir las compuertas.*

Hace falta muy poco para tenerlo todo.

# Anís

## *(Pimpinella anisum)*

Mejora la digestión y combate la acidez

Me sentía feliz en casa de Francesca y Angelo. Con mi vocabulario italiano aún limitado, pasábamos mucho tiempo en silencio. Fueron horas en los invernaderos, en la huerta y en los bancales sin decir una sola palabra. No hacía falta.

Me levantaba temprano para ayudar en la finca; era la única manera que tenía de devolver todo lo que hacían por mí. Aún no me sentía preparada para pensar en el siguiente paso, pero sabía que no podría aprovecharme de su buena voluntad para siempre.

Además de ayudar con las plantas y las verduras, también colaboraba con Francesca en las comidas, lo que me entusiasmaba enormemente, dada la pasión creciente que iba sintiendo por la cocina italiana. Descubrí que cualquier verdura sirve para hacer una buena pasta, incluso la col.

Me fui sintiendo cada vez más capaz de comer un entrante y un plato principal; también mi estómago iba ganando lentamente la capacidad de un estómago italiano. Con el tiempo, incluso podía reservar espacio para el postre.

Por la noche jugábamos a las cartas, o yo jugaba al ajedrez con Angelo, o cada uno se sumergía en su lectura. Francesca me había regalado un libro para aprender italiano en una semana. Intenté no sentirme frustrada al cabo de esos siete días, cuando comprobé que no había alcanzado el objetivo que prometía el título. Sentí cierta rabia hacia las personas que venden sueños imposibles con títulos tan llamativos.

Giulia, la hija de Francesca y Angelo, nos visitaba al menos una vez al mes. Siempre era una gran fiesta cuando venía. Pasábamos horas en la mesa. Los sábados incluso llegábamos a pasar del almuerzo a la cena sin levantarnos, salvo Francesca, que nunca dejaba de servir aperitivos con la rapidez de un restaurante de renombre.

Giulia estudiaba teatro en Florencia y para mí era la más fácil de entender de los tres. Hablaba con el cuerpo.

La pasión es un ogro dormido. Cuando despierta, es para causar estragos.

## Pensamiento

***(Viola tricolor)***

Potencia el metabolismo

Iba a Lucca con Francesca al menos dos veces por semana, a veces más. Sant'Andrea di Compito era un pueblo pequeño y lo poco que ofrecía era lo mismo que crecía en nuestra huerta.

En Lucca había muchos mercados, carnicerías, pescaderías, panaderías y pastelerías.

Francesca ya tenía sus lugares habituales y, aunque a veces la *focaccia* de la panadería de al lado le llamara más la atención, para ella sería una traición siquiera entrar.

Empecé a aventurarme en las conversaciones con los vendedores. Ya sabía decir «buenos días», pedir un trozo de queso, *castagnaccio*, el dulce preferido de Angelo, e incluso glicerina, que usábamos para elaborar los jabones. Me sentía cada vez más segura.

En una de esas visitas a la pescadería entró un chico moreno de ojos verdes que saludó a Francesca con gran entusiasmo. Se abrazaron y estuvieron un tiempo conversando mientras yo fingía estar muy interesada en los lomos de merluza. Escuché a Francesca decir «*Berlino*» y, por la cara de pena que el chico puso al mirarme, deduje que le estaba contando mi historia. Fue la primera vez que sentí una mirada de ese tipo posada sobre mí. Después de trabajar en un hospital, dejé de ver el sentimiento de pena como algo malo, y lo percibí como un signo de compasión, embarazoso solo cuando lo dirigimos a nosotros mismos.

Francesca nos presentó. Se llamaba Matteo. Francesca, que seguía llevando siempre el diccionario en su bolso de punto, se apresuró a usarlo. «Amigo, hija, profesor, italiano, clases», dijo Francesca señalándome. Me sentí muy avergonzada. Nunca había hablado con Francesca sobre el hecho de no tener dinero; pensaba que eso era algo implícito desde el principio. Tras un repaso más detenido, ella dijo, con un alemán extrañamente perfecto, «gratis».

El primer amor es salvaje, desprovisto de barreras, reglas y prejuicios. Sin embargo, cuando termina, es quien dicta las barreras, las reglas y los prejuicios de los amores siguientes, todos ellos menos salvajes.

## Caléndula

***(Calendula officinalis)***

Ayuda en la cicatrización y a tratar quemaduras

Las clases eran los sábados por la mañana. Matteo vivía a las afueras de Lucca, en una bonita casa con un gran jardín a la que se había mudado al inicio del año lectivo, cuando empezó a dar clases en la escuela primaria.

Era tal mi nerviosismo que, en la primera clase, parecía haberme olvidado de todo lo que ya había aprendido. Esos ojos, ahora tan cerca, convertían mi concentración en una tarea hercúlea.

Francesca me dejaba en casa de Matteo y una hora después pasaba a recogerme. Al cabo de dos semanas, Matteo se ofreció a llevarme a casa tras las clases, para que Francesca no tuviera que interrumpir la preparación del mercado del día siguiente.

Mi semana empezaba el sábado. No dormía pensando en él. Estudiaba durante horas todos los días para impresionarlo, para que pudiéramos conversar más tiempo, para conocerlo más a fondo. Cuando no se domina un idioma, es difícil darse a conocer. Decimos lo esencial, cuando lo que somos realmente habita entre líneas, en lo que queda por decir.

Después de las clases, Matteo preparaba té que llevábamos al jardín junto con una bolsa de *biscotti.* Nos quedábamos allí sentados sobre la hierba, hablando el único idioma que teníamos en común: el silencio.

En el jardín de Matteo había muchos árboles bonitos, pero los parterres estaban tristes y descuidados. Le sugerí que yo podría cuidarlos a cambio de las clases. La semana siguiente, Angelo me dejó llevar algo de material de jardinería y llegué a casa de Matteo radiante. Empecé a limpiar los parterres y a prepararlos para recibir flores.

Me pasaba los días aprendiendo la ciencia de las plantas con Angelo, preparando los productos naturales con Francesca, estudiando italiano y dibujando el jardín de Matteo. Decidí, tras plantar las primeras flores, que aquel terreno también se merecía un huerto. Puede que solo fuera por miedo a terminar el proyecto de las flores y quedarme sin motivo para prolongar mis estancias los sábados.

Las conversaciones con Matteo se volvían cada vez más profundas, pero cuando me preguntó por mis padres, no fui capaz de responder. Fingí no haber entendido. Él fingió creerme.

Matteo se quedaba viéndome cuidar las flores y plantar las verduras. Se fue acercando despacio y yo no me aparté. Me besó cuando no me lo esperaba. Yo, que no hacía otra cosa desde hacía meses salvo esperar.

# *EMMI*

*1960, Berlín*

*Las cartas seguían llegando los jueves, y con ellas la petición de matrimonio. Yo quería casarme con Mischa, pero el disgusto que esa decisión causaría a mi madre hacía que pospusiera la respuesta. Mischa no presionaba; solo preguntaba.*

*No hacía otra cosa que imaginar mi futuro con él. Dibujaba nuestra casa en el reverso de los dibujos de los niños del colegio, veía en todos ellos la cara de nuestro hijo y me iba a dormir pensando en cómo sería acostarme todos los días a su lado. La espera me consumía. Era como estar en los últimos minutos de un gran viaje, esos que, curiosamente, tardan más en pasar que las horas que han quedado atrás.*

*Fue uno de los días en que fuimos juntos al teatro. Lo vi llegar con una sonrisa de oreja a oreja. Ejecutó un torpe* plié *y me besó la mano. En ese momento sentí el impulso y no pude controlarlo: «¡Sí!». Me miró confundido. «Sí, quiero casarme contigo.» Ya pensaría después lo que le diría a mi madre. En ese instante estaba ocupada viviendo lo que yo creía que era el inicio de un amor sin fin.*

Mi madre nació veintiséis años después que yo. Nunca es tarde para que nazca una madre.

## Grosellero americano

***(Pereskia aculeata)***

Mejora la circulación sanguínea y combate la anemia

Nuestro amor fue creciendo como las mimosas: rápido, bello, salvaje y apoderándose de todo.

Empezamos a salir los sábados después de cuidar del jardín. Íbamos al cine, a comer, a pasear en bicicleta.

Al principio no fui capaz de contárselo a Francesca por vergüenza. Tenía miedo de lo que pudiera pensar. Pero ella, en realidad, lo intuía: veía lo feliz que estaba, que no podía dejar de sonreír, que cantaba mientras ponía la mesa y pelaba patatas. Cuando nos enamoramos de verdad, después de perdida la esperanza, todo llega en forma de celebración. Es imposible de ocultar: amamos con todo el cuerpo y a tiempo completo; es un amor descarado, un amor orgulloso de su victoria sobre el desamor.

Uno de esos sábados, cuando Matteo me llevó a casa, entré tan radiante que me habría casado con él ese mismo día si me lo hubiera pedido. «Quiero que sepas que estoy muy contenta por ti», me dijo Francesca al verme entrar. La abracé durante mucho rato. Siempre olía a tierra y albahaca, el mejor perfume que jamás había olido. Me senté a su lado a hacer rollos de ñoquis. Qué guapa estaba Francesca con su delantal lleno de harina y el bolso de punto colgado a la espalda, lanzándolo hacia atrás siempre que la tarea lo requería. La vida, al final, me había dado una madre, solo que llegó un poco más tarde, veintiséis años más tarde.

Los fines de semana los pasaba con Matteo. Los domingos por la mañana íbamos al mercado y yo me quedaba ayudando a Francesca a vender. El resto del tiempo lo vivíamos, en gran parte, en la cama: haciendo el amor, leyendo o simplemente abrazados. Matteo me hacía leer a Italo Calvino en voz alta para practicar la pronunciación. Ahora siempre era yo la que hablaba con la gente en las tiendas cuando iba de compras con Francesca. Descubrí que el amor tiene el poder de acelerar el aprendizaje de nuevos idiomas, quizá porque también es un idioma de aprendizaje rápido.

Giulia vino a casa a pasar la Navidad.

Mi padre siempre odió la Navidad, siempre la vio como un evento meramente capitalista. Me irritaba darme cuenta de que, aun estando lejos, seguía influyendo en mis pensamientos. Todavía me llevó algunos años sentirme lo suficientemente libre como para celebrar la Navidad.

Francesca puso una cinta que había comprado para ayudar a UNICEF, «Le più belle canzoni di Natale», mientras las tres decorábamos la casa y el árbol. Giulia cogió la mano de su madre para bailar y las dos cantaban «*piva, piva*» riéndose a carcajadas. Francesca me cogió a mí e hicimos lo mismo. Canté bien alto y me reí, aunque no tuviera ni idea de lo que significaba *piva, piva*.

Al día siguiente, Matteo apareció con un pequeño limonero en una maceta. «Nuestro primer hijo. ¡Feliz Navidad!» Lo abracé entre las hojas y fui a buscar mi regalo para él: un jarabe para la tos hecho de flor de saúco y un jabón de rosas. «Lo he hecho sin la ayuda de Francesca», dije orgullosa. Nos quedamos abrazados un buen rato, envueltos en aquel maravilloso olor a limón y rosas: el olor de la Navidad.

# MARKUS

Querida Emmi:

Corriendo el riesgo de que pienses que te estoy persiguiendo por haber descubierto dónde trabajas, te escribo porque no puedo dejar de pensar en ti. Te escribo porque me alivia el corazón el simple hecho de pensar que este papel, donde ahora descansa mi mano, será tocado también por la tuya. Puesto así, por escrito, suena un poco desesperado o incluso algo siniestro, pero en el momento en que te vi supe que algún día serías mi mujer. Si me pides que te lo explique, no voy a ser capaz, fue algo que sentí y fue tan fuerte que no he podido hacer otra cosa que repetir nuestro baile. Llevo una semana entera bailando en mis pensamientos, estoy agotado. Quiero verte. Necesito volver a verte.

No quiero parecer precipitado con esta petición de matrimonio. Ha sido solo la certeza que tuve al verte, pero puedo esperar. Querida Emmi, esperaré el tiempo que sea necesario.

Dime que tu mirada apasionada no la he soñado, que tú también piensas en mí.

Yo seguiré aquí, contigo en mis pensamientos, esperando a que quieras volverte real.

Un beso (uno de los muchos que deseo darte),

Mischa
5 de febrero de 1958

Hay un momento en que la pasión se transforma en amor. La pasión no desaparece cuando el amor se instala, pero los días dejan de tener solo dos horas para volver a tener veinticuatro. Hay una calma en el amor que la pasión desconoce.

## Suma

***(Pfaffia paniculata)***

Ayuda en el tratamiento de úlceras

Nos casamos en la primavera de 1992 en Sant'Andrea Apostolo, una iglesia antigua cerca de la finca de Francesca y Angelo. Fue una boda pequeña, solo con los padres de Matteo, Francesca, Angelo y Giulia.

Angelo confeccionó el ramo de novia más bonito del mundo. Tenía margaritas, violetas, dientes de león, lavanda y hojas de camelia. También fue él quien me llevó al altar. Llevaba a Angelo en las dos manos.

Francesca preparó una gran mesa en el jardín para el almuerzo. Puso su vajilla reservada para las ocasiones especiales y en cada servilleta un pequeño ramo de lavanda. Preparó polenta con champiñones, verduras a la parrilla, ensaladas, carne asada y una *pasta alla norma*, sabiendo que aquel día se cerraba un ciclo.

No conseguí soltar la mano de Matteo en todo el día, como si nuestros cuerpos también se hubieran casado y jurado no separarse nunca. Lo amaba más de lo que jamás hubiera imaginado posible amar a alguien. Lo quería tanto que a veces me dolía el pecho. Como si el amor, sintiéndose atrapado de tan grande, causara dolor al intentar expandirse hacia el exterior.

Aquella era mi nueva familia. El pasado no estuvo invitado.

## *EMMI*

*1960, Leipzig*

*Nos casamos el 14 de mayo en Leipzig. Solo asistieron mi hermana, mi madre y un amigo de Mischa. La cara de mi madre era de funeral, pero ella fue lo que me permitió estar completamente feliz.*

*Cuando llegué al notario, no vi a Mischa. Mi hermana, al darse cuenta de mi expresión de pánico, me abrazó. «Vamos a entrar. Mischa ha llegado antes para asegurarse de que no había ningún problema con los papeles. Estás muy guapa.» Y allí estaba él, como habíamos acordado. Esta vez no habría lágrimas ni vergüenza. Agradecí que Aaron no hubiera querido casarse conmigo y entré. Apreté la mano de mi hermana imaginando la de mi padre. Lo mucho que lo echaba de menos, y que se había diluido con el tiempo, eligió el día de mi boda para hacerse notar con toda su intensidad. No lo disimulé. ¿Quién podría distinguir emoción de nostalgia?*

*Después de firmar los papeles, fuimos a nuestra nueva casa y lo celebramos con cerveza y baile. Mi madre brindó y volvió a la suya. Pero había asistido.*

*Dormí toda la noche abrazada a mi marido. Era mi marido. Cuanto más lo repetía, más marido y más mío se volvía. Hicimos el amor varias veces durante la noche; el resto del tiempo permanecí despierta pensando en todo lo que íbamos a vivir juntos. Tenía prisa por el futuro.*

# *EMMI*

*1961, Leipzig*

*Empecé a trabajar en una escuela primaria en Leipzig. Mi hermana vino a vivir con nosotros, con la excusa de que debía acostumbrarse a una nueva ciudad antes de irse a vivir sola, y consiguió un trabajo cerca de nuestra casa.*

*Como Leipzig estaba a más de dos horas de Berlín, pasábamos a ver a nuestra madre solo una vez a la semana, los sábados. Insistimos mucho en que se mudara cerca de nosotros, aunque ambas sabíamos que eso nunca iba a suceder.*

*Era sábado, 12 de agosto, y Mischa me pidió que lo acompañara a una fiesta del Partido en Dollnsee. Avisé a mi hermana de que tendría que ir sola a ver a nuestra madre, pero que le dijera que el sábado siguiente yo iría sin falta.*

*Me tomó un tiempo elegir la ropa. Me vestí, me peiné y me maquillé. Algo no estaba bien. Me miré al espejo y no encontraba nada fuera de lugar. Lo que estaba mal venía de dentro.*

*Fuimos a la fiesta y, a pesar de que el ambiente era divertido, no había manera de librarme de aquella angustia. Mischa desapareció y cuando volvió venía jadeante y nervioso. «¿A qué hora vuelve tu hermana? Ulbricht acaba de anunciar que van a cerrar las fronteras entre Berlín Oriental y Occidental. A medianoche van a empezar a construir el Muro.»*

*El trayecto hasta casa fue un suplicio. «Dime que podrás traerla de vuelta si se ha quedado al otro lado. ¡Dímelo! —No podía parar de llorar—. ¡Es mi hermana!» Mischa no respondió.*

*Él también lloraba repitiendo en un susurro: «No lo sabía. Te juro que no lo sabía».*

*Llegamos a casa, subimos las escaleras y abrimos la puerta de su habitación de par en par. Nada. Podría haberse retrasado, simplemente, el viaje era largo.*

*Me pasé toda la noche despierta mirando la puerta.*

*Mi hermana y yo éramos gemelas con tres años de diferencia.*

*Mi hermana y yo.*

*Mi hermana.*

*El Muro.*

*Yo.*

## *EMMI*

*1961-1963, Leipzig*

*Su ausencia se sentía por toda la casa. La música ayudaba a llenar el silencio, pero no el vacío.*

*Al cabo de una semana sin oírme hablar, Mischa me sugirió que escribiera una nota a mi hermana indicándole que hiciera el visado de un día para entrar en Berlín Oriental; él se encargaría del resto.*

*Así lo hice.*

*Dos días después recibí la respuesta: «Me quedaré. Perdóname». Cuando Mischa leyó la nota, se transformó. De su boca salieron insultos que mis oídos desconocían. Dijo que mi hermana era una desagradecida, una débil, y cerró el asunto con: «Para mí ha muerto».*

*Dejé de pensar en ella como mi hermana; ya no era mía. Sentí una rabia inicial que lentamente se transformó en daño. Pero el daño todavía daña. Quizá por eso solo una letra separa las dos palabras.*

*En diciembre de 1963 descubrí que estaba embarazada. Me sentí loca de felicidad. Me gustaba la escuela donde enseñaba, y Mischa acababa de ser ascendido a un cargo de dirección en los servicios secretos. Sin embargo, me sentía sola; rara vez salíamos como lo hacíamos en Berlín, y Mischa estaba siempre ocupado con reuniones y cenas, aunque me aseguraba que las cosas iban a cambiar, que solo se estaba adaptando a su nuevo puesto. Lo admiraba: lo veía como el defensor de los derechos de los ciudadanos de la RDA, alguien que da la vida para que otros puedan vivir mejor la suya, y, como tal, ni yo ni mi soledad seríamos un obstáculo.*

*Pensaba a menudo en mi madre y en mi hermana, sentía pena por ellas y por sus vidas.*

*Empecé a preparar la habitación del bebé. Hablaba mucho con él y le cantaba canciones de cuna. Le contaba lo maravilloso que era su padre y cuánto lo queríamos incluso antes de conocerlo.*

Para siempre. No me asustaba. Nunca había oído hablar de alguien que se hubiera aburrido de amar todos los días a la misma persona. El amor no aburre. La vida es la que aburre cuando le damos demasiada importancia.

## Vinca de Madagascar

***(Catharanthus roseus)***

Tiene propiedades diuréticas,
antidiabéticas y cicatrizantes

Los primeros dos años tras el matrimonio estuvieron llenos únicamente de cosas bonitas. Nuestro jardín estaba ahora inundado de flores. Plantamos otros árboles frutales para hacer compañía al limonero, que crecía fuerte y vigoroso, como un adolescente.

Durante la semana trabajaba con Francesca en sus productos. Como habíamos aumentado la producción, también empezamos a vender en los mercados de las localidades vecinas. Al final de la venta del día, Francesca me daba la mitad de las ganancias, y yo devolvía la mitad de esa mitad a la caja de lata de Francesca. Era nuestro baile silencioso.

Empecé a tener muchas ganas de ser madre. Quería tener una familia con Matteo. Una familia feliz, normal.

Me quedé embarazada un mes después de decidir que estábamos listos para una nueva aventura. No cabíamos en nosotros de felicidad. En una semana ya teníamos nombre y nos divertíamos fantaseando sobre cuál sería el escritor favorito de nuestro hijo; a la semana siguiente no teníamos bebé.

Me convencí de que era normal. Que no todas las plantas prosperan y que la siguiente se agarraría a mi vientre con la fuerza de una trepadora.

Me quedé embarazada de nuevo cinco meses después. Esta vez retrasamos el entusiasmo. Al cabo de dos meses, sentimos que, por fin, podíamos respirar aliviados. Le dimos un nombre, otro nombre, y un escritor favorito, otro escritor favorito. Dos semanas después había un nombre y un escritor, pero no había bebé.

Fueron tres años de alegrías y tristezas intercaladas, pero los periodos de tristeza eran cada vez más largos y los alegres cada vez más breves. No podía pensar en nada más.

Cuando no aparecía en la casa grande por la mañana, Francesca venía a mi casa y me preparaba una infusión de damiana para fortalecer el útero. Se sentaba a mi lado a tejer sin decir nada. Cocinaba para mí y se marchaba al final del día, cuando Matteo llegaba de la escuela.

Dejé de querer hacer el amor con Matteo. Tenía miedo de que hiciéramos otro bebé sin raíces. Cuatro. Ya habían sido cuatro. No sabía si aguantaría otro.

Matteo y Francesca insistían en que me viera un obstetra, pero yo no quería acudir a un hospital. Temía que, al entrar, mi pasado me encontrara. Aunque era algo que tendría que superar tarde o temprano, prefería que fuera más tarde.

Un día, me desperté a medianoche por los sollozos de Matteo. Aquella desolación no era solo mía. Por la mañana le pedí que concertara la cita.

# MARKUS

Querida Emmi:

Mañana tengo que ir a Berlín por trabajo y no he dormido pensando en tu respuesta a mi carta. No sé qué dirás, pero no puedo soportar no escribirte otra mientras tanto.

Nada ha cambiado por mi parte. Sigo pensando en ti despierto y dormido, y sigo convencido de que un día seremos marido y mujer. No temo enviar esta carta antes de leer tu respuesta porque mis sentimientos no dependen de los tuyos. No voy a dejar de amarte porque tú no correspondas este amor. El verdadero amor no exige reciprocidad.

No pienses, sin embargo, que tu respuesta no me importa, todo lo contrario. Si tu carta dice que tú también sientes lo mismo, me convertirás en el hombre más feliz del mundo y te prometo que pasaré el resto de mis días haciendo todo lo posible para que tú también te sientas la mujer más afortunada de la tierra.

Querida Emmi, deseo tanto llevarte a la ópera, al ballet, al teatro. Sentarme a tu lado y darte la mano cuando te emociones. Mirarte será suficiente. Ningún arte podrá superar tu belleza.

Un beso (uno de los muchos que te daré),

Mischa
12 de febrero de 1958

# *EMMI*

*1962, Leipzig*

*La casa de mi madre tenía un sonido: Billy Vaughn.* Sail along silvery moon *sonaba día y noche sin que ella se cansara de escucharla. Cuando me mudé a vivir a Leipzig, me compré el disco y lo metí en la maleta. Era una manera de llevarme un pedazo de mi madre, ya que ella entera no quería venir.*

*Cuando puse la canción por primera vez, Mischa apareció como un loco desde el cuarto y rompió la aguja del tocadiscos, tal fue la fuerza con que arrancó el disco del plato. «En esta casa no se escucha música de esos americanos asquerosos. ¿Quieres música instrumental? Escucha la Gewandhausorchester,*[12] *eso sí es buena música.» Nunca lo había visto así. Me asusté.*

*El lugar de mi hermana en nuestra casa fue ocupado por el miedo. Era él quien ahora vivía conmigo. Tenía miedo de lo que le decía a los vecinos, miedo de lo que enseñaba a los niños en la escuela, miedo de tararear una canción en inglés mientras caminaba por la calle. Entre trabajadores e informantes, la STASI controlaba a toda la población. Nadie era amigo de nadie. Empecé a sentirme observada incluso cuando estaba sola en casa. Me preguntaba adónde había ido a parar aquella libertad que había sentido en los encuentros con los artistas. ¿Habría existido alguna vez?*

*Tenía pesadillas con dos colegas de Mischa: me sacaban de la cama mientras él les abría la puerta de la habitación y me miraba con indiferencia. Me despertaba de la pesadilla para vivir en una pesadilla despierta.*

---

[12] Orquesta sinfónica de Leipzig.

# *EMMI*

*1963, Leipzig*

*A los seis meses de mi embarazo, Mischa se ausentaba casi todas las noches. Pasaba mucho tiempo en Berlín y cada vez acudía a más fiestas, reuniones y cenas de negocios, sin pedirme nunca que lo acompañara. Ya no salíamos a conciertos, ni a ver obras de teatro, ni ballet. Ya no íbamos a encuentros de artistas ni a cenas con amigos. Empecé a sentirme muy sola. Eran pocos los días de la semana en los que nos sentábamos juntos a cenar y conversar, y aun cuando ocurría, él se mostraba distante. Ya no quería hacer el amor conmigo y llegué a pensar que quizá fuera la barriga lo que le molestaba.*

*Quien compartía la habitación conmigo y quien me hacía dormir con el sonido de su voz era Manfred Krug. Fue también en esa época cuando me sumergí en la novela* El cielo partido, *un libro de Christa Wolf sobre una chica que intenta convencer a su novio, desilusionado con el mundo socialista, de volver a la RDA. Nunca llegué a saber si se quedaban juntos. El libro desapareció de mi mesilla de noche.*

*Empecé a sentirme fea y deforme. Cuando íbamos juntos a la cama y oía a Mischa dormirse sin desearme buenas noches, me daba la vuelta y lloraba con la cara hundida en la almohada para no hacer ruido. Había llegado el tan temido abandono.*

*Seguro que tenía una amante, esa tenía que ser la justificación.*

*Quizá porque pasaba mucho tiempo sola, ese pensamiento se convirtió en mi único compañero, no me soltaba y me susurraba al oído todo lo que no quería oír. Era eso, solo podía ser eso.*

*Empecé a revisarle los cuellos de las camisas, a olerle la ropa y a hacerle preguntas que pudieran acorralarlo. Ya no hablaba con el bebé, ya no le cantaba y ya no le contaba lo maravilloso que era su padre.*

*El último mes de embarazo fue un tormento. Me sentía agotada. Como ya no trabajaba, tenía todo el día para llorar y aprovechaba cada segundo.*

*Fue en uno de esos días dedicados al desahogo cuando vi la carta junto a la puerta; alguien la había empujado desde el otro lado. Miré por la mirilla, pero no vi a nadie. «Para Markus Dreibholz». La letra me pareció de mujer. Solo podía ser de ella. La abrí.*

*He tardado un tiempo en descubrir tu dirección, pero al final te he encontrado. Debes vivir aquí con una familia preciosa, todos muy felices. Te debes despertar por la mañana, darle un beso a tu preciosa mujer y desayunar en tu preciosa mesa con sonrisas untadas de mermelada. Debes llevar a tus hijos al colegio, darles un beso y decirles que esperas que el día les vaya bien.*

*Debe sentar bien tener una vida normal, ser feliz. ¿A qué sabe? No me acuerdo. Me enseñaste la infelicidad y nunca más he sido capaz de desaprenderla. Me odio y te odio por eso.*

*Me miro al espejo y me da asco mi propio cuerpo porque cuando fue tuyo dejó de pertenecerme. Siento rabia de mi cuerpo porque lo maltrataste y no se defendió, fue débil. Fui débil. Siento asco de mi propia boca por haber estado obligada a darte placer, y desprecio mis dientes por no haberte mordido. Siento repulsión por mi cuerpo, vergüenza por haber sido casa de diversiones para ti y para tus lacayos de esa escoria que forma parte de la STASI. ¿Y por qué? ¿Qué te había hecho yo? Ni siquiera merecí saberlo. Me usasteis y os reísteis de mí. Vuestras risas todavía resuenan en mis oídos. Siento aversión por mis oídos. Me desprecio.*

*Aun así, puedo odiarte más. Te odio a ti y a tu vida feliz. Odio a tu familia y todo lo que te hace menos odioso. ¿Acaso saben ellos quién eres tú?*

*Hoy acabo con un cuerpo que ya no me pertenece, porque ya no puedo fingir que sigue siendo mío.*

*Doris*

*Sentí de repente una puñalada en el estómago y un río empezó a deslizarse por mis piernas. El bebé iba a nacer. «Que nazca muerto —pensé—. No lo quiero.»*

El amor es suficiente hasta que deja de serlo
Hasta que aparecen otros deseos
Casi siempre aparecen otros deseos
Hay amor sin esos deseos
Un amor insuficiente

## Amor del hortelano

***(Galium aparine)***

Purifica la sangre y desintoxica el organismo

Útero bicorne.[13] Lo sufre el cinco por ciento de las mujeres en todo el mundo. Dos casas donde debería haber solo una. Dos casas demasiado pequeñas para que crezca un bebé.

«Es posible que un embrión consiga desarrollarse en un espacio más pequeño, pero también puede que nunca ocurra, no te voy a mentir.»

Salí con las palabras del médico atrapadas en los oídos. Palabras de derrota y esperanza. Nos dividimos. Matteo eligió la esperanza, yo la derrota.

[13] Malformación congénita del útero en la que este está parcialmente dividido en dos partes o cavidades superiores separadas por una membrana.

Un hijo nace en el preciso momento en que una mujer descubre que va a ser madre. Por eso, para una madre, ningún hijo queda por nacer, incluso aquellos que no llegan a ver la luz del día.

## Artemisa

***(Artemisia vulgaris)***

Alivia los cólicos menstruales

Volví a mi vida sin querer hablar del tema. Volví a ayudar a Francesca y regresamos a los mercados. Volví, es cierto, pero una parte de mí se quedó en aquel consultorio, en aquella camilla, en la mirada triste de Matteo.

Dejé de ir a Lucca. No quería ver madres con bebés; me provocaban rabia. Y no quería sentir esa rabia. También me enfurecía Matteo cuando me contaba historias de sus alumnos, porque pensaba que él nunca podría enseñar a leer a un hijo suyo, y que la culpa de eso era mía, mía y de mi útero defectuoso.

Algunos meses después de la consulta, Matteo insistió en que lo intentáramos de nuevo. Hacía mucho tiempo que no hacíamos el amor, y lo que habíamos hecho antes tampoco era amor: era hacer bebés. Cuando hacer el amor se convierte en hacer bebés, o nace un hijo o no se vuelve a hacer el amor nunca más. Todos los intentos de recuperar el amor resultan tristes e inútiles. Matteo quería volver a hacer bebés, no el amor. Yo no habría soportado otra pérdida. Me habría muerto con el embrión.

Una vez más. Solo una vez más.

Me costó ocho meses quedarme embarazada. No lo celebramos. Intenté comportarme como si no lo supiera. Pensé que, si no le dábamos importancia, quizá el feto se empeñaría en convertirse en persona.

Francesca me obligaba a descansar a menudo y Matteo cuidaba de nuestro jardín como nunca antes. Ninguno de los dos mencionaba mi estado, pero me trataban como si fuera de porcelana.

El día que cumplí tres meses de embarazo hablé con mi hijo por primera vez. Ninguno de mis embarazos había llegado tan lejos y todo el mundo decía que, después de los tres meses, ya era seguro, ya se podía celebrar. Le pedí perdón por haberlo ignorado. Le dije que lo quería más que a nada, que le enseñaría todo lo que sabía sobre árboles, plantas y flores, y que nunca me cansaría de besarlo. Le dije que él y yo habíamos tenido mucha suerte con el padre que lo esperaba, que nos queríamos mucho y que su llegada era nuestro mayor deseo desde hacía años. Le hablé de su abuela Francesca, de su abuelo Angelo, de nuestra casa, de nuestro jardín y de nuestra huerta. Todo estaba preparado para recibirlo.

Esa noche me dormí abrazada a Matteo. Por la mañana desperté en un mar de sangre.

# MARKUS

Querida Emmi:

Te escribo con el corazón roto, pero aún esperanzado. Pude imaginar cualquier cosa, salvo que no me respondieras. Nada, ni una sola línea. Tu jefe debió de notar mi mirada derrotada cuando le entregué otra carta sin haber recibido respuesta. Me quedé allí, con la mano extendida. Ni siquiera sabría decir cuánto tiempo, porque para mí el mundo se detuvo. Con la poca dignidad que me quedaba, aún le pregunté si estaba seguro de haberte entregado mi sobre. Me respondió que sí, con lo que me pareció una mirada apenada, una mirada que recorría toda la sala evitando la mía.

Por eso mañana volveré, una semana después de la puñalada que casi me quitó la vida. Volveré, pero esta vez te entregaré la carta en mano.

Quiero ser yo quien constate que tus ojos han perdido aquello que había en ellos cuando nos conocimos. Había pasión, Emmi. Sé de lo que hablo, porque es la misma que habita en los míos desde aquel día.

Sin embargo, querida Emmi, una cosa te digo: no me iré derrotado. La derrota es un final, y yo no voy a rendirme hasta hacer de ti mi mujer, aunque tarde más de lo que desearía.

Un beso (uno de los varios que quizá tenga que guardar hasta poder dártelo),

Mischa
19 de febrero de 1958

## *EMMI*

*1963, Leipzig*

*Una niña, fue lo que me dijeron porque no quise ni mirarla. No la quería.*

*Mischa me diagnosticó una depresión y a mí me pareció un buen diagnóstico para que me dejaran en paz.*

*Cada vez que oía a la criatura llorar, me acordaba de su existencia y me ponía a llorar también. No la quería.*

*Tumbada en la cama, me cubría la cabeza con la sábana. No quería mirar la cara de Mischa ni la de la niña hecha de él. No los quería.*

*Mischa era el demonio y ella la hija del demonio. No los quiero. No los quiero. No los quiero. No los quiero. No los quiero.*

*Un día me desperté en el hospital. «Quiero ver a mi madre», me oí gritar.*

*Vi que tenía las muñecas vendadas. No recordaba haberme hecho aquello, pero tampoco me extrañó.*

*Mischa se acercó buscando mis ojos. Sentí un nudo en el estómago y vomité. Eso era lo que su mirada me hacía sentir: náuseas.*

*Volvimos a casa y volví a encerrarme en la habitación. No los quería.*

*Cada vez que Mischa entraba, yo fingía estar dormida. Él se sentaba a mi lado en la cama y lloraba diciéndome que me amaba y que, si yo hubiera muerto, lo mismo le habría ocurrido a él. Ni sus lágrimas ni sus teatrales palabras me sonaban verdaderas. Náuseas, solo sentía náuseas.*

*Una semana después le dije a Mischa que quería volver a trabajar, pero no en la escuela. No soportaba a los niños. Con una llamada me consiguió trabajo en la biblioteca. Tenía que ser yo quien dejara a la criatura con la niñera y quien la recogiera al final de la tarde, pero en cuanto llegábamos a casa me encerraba en mi cuarto. Seguía sin quererlos.*

A veces amar es partir. Es llegar al final antes que el otro. Es huir.

A veces amar es hacer todo aquello que no se espera de alguien que ama. A veces.

# Milenrama

***(Achillea millefolium)***

Ayuda a bajar la fiebre y a mejorar la circulación sanguínea

No recuerdo los días que siguieron a aquel. Solo tengo imágenes de la silla junto a la cama y de las personas que se fueron sentando en ella. Recuerdo a Francesca haciendo punto, a Matteo leyendo y a Angelo durmiendo con el cuello torcido. No sé cuánto tiempo estuve en aquel estado de coma voluntario, pero, en los pocos segundos en que abría los ojos, la silla nunca estaba vacía.

Me levanté y fui al jardín. Tenía las piernas débiles por haber pasado tantos días acostada. Era el turno de Francesca, que siguió tejiendo. Cogí algunos tomates y un manojo de rúcula para hacer una ensalada. Llamé a Francesca: «Tengo que irme. No voy a poder ser madre y no voy a impedir que Matteo sea padre, cuando sé que es su mayor sueño. Te pido que no hables de esto con él hasta que me haya marchado y que no intentes disuadirme. Voy a llevarme el dinero que he ahorrado y buscar trabajo lejos de aquí. No me estoy despidiendo de ti ni de Angelo. En cuanto me establezca, os llamaré para deciros dónde estoy». Lo dije todo de un tirón, sin poder mirar a Francesca. No hice la ensalada. Fui a acostarme. Cuando abrí los ojos, la silla estaba vacía.

# *EMMI*

*1969, Leipzig*

*La niña cumplió seis años y por fin fue al colegio. Ahora era Mischa quien la llevaba y la recogía. Semana tras semana, adquiría un rasgo más de su padre, y no eran solo los rasgos: la manera en que echaba la cabeza hacia atrás y se reía casi sin sonido, el chasquido de la lengua al hacer algo que requería precisión o fuerza, e incluso el tamaño del pie, enorme para alguien tan pequeño. No podía mirarla; le tenía rabia, como si fuera Mischa quien habitara aquel cuerpo menudo.*

*Hasta los tres años, la niña a veces intentaba llamar mi atención; incluso entraba en mi habitación y metía muñecas en mi cama para que me hicieran compañía durante la noche. Corría hacia mí cuando llegaba de la biblioteca para enseñarme sus dibujos. «Bien», decía yo sin siquiera mirar, antes de volver a encerrarme en mi cuarto. No quería mirarla. Dejar que me conquistara era dejarme seducir de nuevo por Mischa, porque ella era él.*

*Un día llegué a casa y la niña estaba sentada a la mesa del comedor, dibujando mientras, una vez más, chasqueaba la lengua. No apartó la vista del dibujo. Después de aquel episodio, nunca más tuve muñecas en mi cama. Al día siguiente no fui a trabajar. Estaba enferma.*

# MARKUS

Mi Emmi querida:

Soy oficialmente el hombre más feliz del mundo. Debería incluso hacerlo verdaderamente oficial y pegar una placa en la puerta de mi casa para que todos lo sepan. Tengo ganas de hablar de ti con cualquiera con quien me cruce, tenga o no sentido. La mayoría de las veces no lo tiene. Al trabajar para el Partido, la gran mayoría de las personas con las que trato no quieren ni deben saber nada de mi vida personal. Aun así, tengo ganas. Me sorprendo realizando las tareas más monótonas con una sonrisa en la cara. Así fue como descubrí que beber café sonriendo no da buen resultado.

Voy a volverme imprescindible en las demás reuniones semanales en Occidente para poder verte más veces. Qué alegría saber que ahora pasaré los domingos a tu lado. Hoy aún es miércoles y solo la idea de tener que esperar tres días enteros para verte me da ganas de dejarlo todo e ir contigo, pero es imposible. Tengo algo muy importante entre manos y no puedo correr el riesgo de que me despidan. Está siendo complicado convencer a los dueños de las fincas de que se unan a las cooperativas. La gente todavía vive mucho para sí misma y poco para lo colectivo; es triste este egoísmo del ser humano. Hemos conseguido casi duplicar los ingresos de nuestras familias y, aun así, hay quien sigue resistiéndose a nuestras ideas.

Ay, mi amor, qué ganas de abrazarte y besarte.

Te amo, Emmi de mi corazón. Puede que parezca pronto para decirte que te amo, pero, si te amo, ¿qué puedo hacer? ¿Esconderlo? El amor no debe esconderse, es demasiado bello para no mostrarse. Como tú, mi amor.

Hasta el domingo, futura esposa.

Mischa
12 de marzo de 1958

# *EMMI*

*1976, Leipzig*

*Llegó otro paquete de mi hermana; fui a recogerlo a la puerta. Nunca quise mudarme de casa, a pesar de la insistencia de Mischa, por miedo a que él encontrara la manera de que mi hermana no supiera nuestra nueva dirección. Afuera, la señora Klein espiaba por la ventana, como de costumbre.*

*Cogí el paquete y, cuando estaba a punto de entrar, escuché su voz estridente: «Está recibiendo muchas cosas del otro lado, ¿verdad?». ¿Sería posible que aquella mujer tuviera el descaro de venir hasta mi puerta para espiar mi paquete? «Es solo ropa usada», respondí mientras entraba. «La semana pasada descubrieron que los Koch recibían cosas de marca. Parecían tan buena gente. Ese hijo suyo siempre me pareció un chico extraño, pero ellos no. Y mire que yo sé leer a las personas.» Esa última frase la dijo en tono amenazante. «Buenas tardes», respondí, cerrando la puerta. Mi actitud podría tener consecuencias, pero ya no soportaba escuchar la voz de aquella mujer ni sus insinuaciones.*

*Abrí el paquete, que ya había sido abierto. Algo había sido retirado de la caja. La tela que quedaba debajo conservaba aún la forma de un objeto que ya no estaba. Café. Solo podía ser café. El café de la RDA, el tan odiado Erichs Krönung, era casi tan intragable como la vida en aquel lugar. Saqué de la caja lo que aún quedaba: un abrigo para la niña y un chal que reconocí de inmediato como de mi madre. «Mamá ha muerto», decía un trozo de papel arrugado entre la ropa. Solo eso, nada más. Ni siquiera un punto final.*

*Caí al suelo como si me tragara la tierra. «Mamá ha muerto», tres palabras.*

*Me había quedado huérfana. Era huérfana. Y yo, que pensaba que ya no me quedaba nada, aún conservaba ese vínculo. Ahora sí, estaba yerma. «Mamá ha muerto.»*

*Entré rápidamente a la habitación de la niña para darle el abrigo, como si esa acción pudiera volver a hacer de aquel día un día normal. Me encontré con su imagen reflejada en el espejo, apretándose el pecho con una venda. Vi en ella la razón de la muerte de mi madre y en ese gesto la causa de mi infelicidad. Me llené de cólera, le arranqué la venda y salí. «Mamá ha muerto.»*

*Esa noche, Mischa me obligó a cenar con él y con los rusos. Me dijo que me pusiera una falda corta y un escote, que era importante que salieran de la cena satisfechos. Con los años, mi odio ya se había transformado en indiferencia. Sabía que enfrentarme a él era muy peligroso. «Mamá ha muerto.»*

*Fuimos a cenar y Mischa me sentó al lado de uno de los rusos. No hablé; estar allí ya me suponía un esfuerzo suficiente. A mitad de la cena, el ruso me puso la mano en la pierna. Intenté quitársela, pero él empezó a subirla. Miré a Mischa y abrí los ojos pidiendo ayuda; él me indicó que guardara silencio. «Mamá ha muerto.»*

*Cuando llegamos a casa, Mischa me agarró, me sujetó de los brazos con un abrazo doloroso y empezó a besarme la boca y el cuello. Sin hacer esfuerzo alguno por liberarme, le escupí en la cara. Vi cómo su mirada se transformaba en una fuente de ira, me soltó y me dio una bofetada con tanta fuerza que caí al suelo. Me arrancó las bragas, me subió la falda y entró en mí mientras yo lloraba. Dejé que mi cabeza golpeara contra el zócalo hasta sangrar, no me moví. Cuando terminó, se tendió sobre mí sollozando. «¿Has visto lo que me has hecho, Em?» Me quedé allí tendida, con aquel aliento ácido de macho satisfecho rozando mi oído.*

*Me volvió a poner las bragas con delicadeza y me acomodó la falda. Me levantó en brazos y me tumbó en la cama. Nunca la expresión «peso muerto» tuvo tanto sentido.*

*Volví a encerrarme en la habitación y dejé de ir a trabajar.*

Hay despedidas tan dolorosas que solo se va una parte de nosotros. No tenemos la fuerza suficiente para convencernos de irnos por completo.

## Ajo silvestre

***(Allium ursinum)***

Muy eficaz contra las alergias

Me levanté en cuanto escuché a Matteo irse al colegio. Ni siquiera me di cuenta de que Francesca ya estaba sentada en la silla.

Sacó un trozo de papel del bolsillo y me lo entregó: «Es mi amiga y te está esperando. Tiene una finca en el sur de Italia donde producen alcachofas. Tomas el tren de las once a Florencia, luego otro a Bari, y ella vendrá a bus…».

La última frase se quedó inundada. Había muchas cosas que hubiera querido decirle a Francesca, pero solo nos abrazamos, llorando.

A las 10.30 llegué a la estación de Lucca. Angelo me estaba esperando. Francesca me había dicho que no se sentía capaz de despedirse, pero allí estaba. El abrazo silencioso de Francesca se repitió, aunque esta vez fue seco. «Siempre formarás parte de nuestra familia», dijo mientras yo subía las escaleras del vagón. Luego sacó un pañuelo del bolsillo y dio media vuelta. En ese momento comprendí que no solo abandonaba a Matteo.

Llegué a Bari ya de noche. Marta me esperaba con una sonrisa afectuosa y una hoja que decía: «Marta soy yo».

Me instalé en mi nueva habitación. Seguramente habría pertenecido a una adolescente antes de mi llegada, dado el número de pósteres de cantantes que cubrían las paredes.

Echaba mucho de menos a Matteo. Me arrimé a mi lado de la cama, por instinto, dejando el otro lado vacío. ¿Cuál de los dos estaba más vacío?

# *EMMI*

*1987, Leipzig*

*La vida me duele tanto. Me duele en el pecho, en los riñones, en la cabeza. La cabeza me duele especialmente. Hay momentos en los que solo quiero arrancármela.*

*Le tengo miedo. Atribuyo ese miedo a mi cobardía. No le tengo miedo aquí dentro; le tengo miedo ahí fuera, a lo que podría hacerme ahí fuera si me convirtiera en la mujer que lo abandonó. A menudo pienso en lo peor que podría pasarme y, de inmediato, ese «lo peor» se confunde con lo mejor: la muerte. La muerte me parece la mejor opción. Llevo años muerta, ¿por qué temo morir de verdad? ¿Dónde está el valor que me llevó a acercarme tanto cuando nació la niña? La niña que ahora ya es mujer, que trabaja y tiene su propia casa. Subo la música aún más para llenar el silencio que ha dejado. Me duele la cabeza. Hemos vuelto a ser solo él y yo. Él y yo y el silencio. Él y yo en silencio. Ni siquiera cuando me golpea grito. Ni cuando me abraza. Ni cuando me golpea y me abraza. Cierro los ojos y somos solo yo y el silencio. Él no está.*

Si un día volvemos a vernos, que sea por la mañana. Hará falta un día entero para que me pongas al corriente de ti.

## Azafrán

***(Crocus sativus)***

Previene enfermedades cardiovasculares

Matteo, mi gran amor:

Me enseñaste que es posible nacer dos veces.

Estos últimos años han sido los más felices de mi vida, pero saberte infeliz los ha convertido también en los más tristes. No quiero seguir haciéndote sufrir.

Nunca podré darte un hijo y por eso tengo que irme. El dolor de un amor que llega a su fin es grande, pero con el tiempo se va diluyendo en la vida. El deseo de ser padre nunca desaparece ni disminuye. Puede incluso transformarse en rabia o rencor. Me voy mientras lo que tenemos es amor. Así quiero recordarnos, para siempre.

Nunca dudes de lo que siento por ti ni justifiques mi partida con un amor que se terminó, al contrario. Como te amo como te amo, eres para mí más importante que nosotros.

Te pido que no me busques, esa misión será solo mía de ahora en adelante.

Sé que volverás a encontrar la felicidad y, por más que me parta el corazón imaginarte con otra mujer que no sea yo, es también mi mayor deseo.

Serás un padre maravilloso, lo supe desde el primer día en que te vi.

Te amaré siempre,

M.

A aquellos que no pertenecen a ningún lugar
Siempre les falta un pedazo
Comparten su inicio con el arcoíris

## Hiedra terrestre

***(Glechoma hederacea)***

Ayuda en el tratamiento de la tos y la sinusitis

Viví dos años y medio en Lucera. Ayudé a Marta a producir té de alcachofa y también empezamos a elaborar nuestras propias cápsulas de extracto seco de alcachofa. En menos de un año ya las estábamos exportando a diecisiete países. Cuando se dieron a conocer los efectos de la alcachofa en el proceso de adelgazamiento, tuvimos que contratar a quince personas más para poder atender los pedidos.

Con el negocio funcionando tan bien, alquilé una casa. Los fines de semana me iba a la playa y daba caminatas. Nunca me sentí tan sola como en aquellos dos años. Las personas de mi edad ya no querían hacer nuevos amigos y yo tampoco estaba lista para darme a conocer. Mi herbario pasó dos años en blanco, como yo.

Un día, todavía en mi primer año en Lucera, decidí aceptar la invitación del hijo de unos amigos de Marta para salir. Quería creer que lo mejor era mirar hacia delante y olvidar el pasado. Gino era un chico mucho más joven, sencillo y educado. Fuimos a cenar a un restaurante caro que él había elegido para impresionarme. La conversación iba bien, tan bien como suelen ir las conversaciones de ocasión, cuando Gino me tomó la mano sobre la mesa. Lo que pasó después no lo recuerdo con claridad, porque todo ocurrió muy rápido: cuando me di cuenta, estaba en casa, encerrada en mi habitación. Lloré durante tres días. Fue entonces cuando comprendí que siempre sería de Matteo, por muy lejos que estuviera. Como volver no era una opción, tendría que aprender a vivir sola o a fingir amar a alguien.

Francesca y Angelo me visitaban cada tres meses. Siempre eran días maravillosos, seguidos de días terribles.

Nunca dejé de ver Lucera como un lugar de paso. Fue emocionante conocer a fondo la alcachofa y desarrollar nuevos productos, pero después de dos años y medio, con la exportación tan bien encaminada y mi dolor adormecido, ya no tenía sentido seguir allí.

Un cliente alemán se puso en contacto con nosotras y volví a hablar mi idioma. Me resultó extrañamente agradable.

Empecé a pensar en Alemania casi todos los días. Creció en mí un gran deseo de volver, aunque no a Leipzig. Quería pertenecer a un lugar, poder decir «soy de aquí». Nunca pertenecería a Lucera. Quería pasar desapercibida, no ser «la alemana», sino solo una alemana más entre muchas otras. Fue difícil admitir que echaba de menos mi país. Eran añoranzas de un país que ya no conocía, pero que seguía siendo mío.

No tenía miedo de mi padre; llevaba mucho tiempo muerto para mí. Sin embargo, en los días más tristes no podía evitar pensar en él y en mi madre, en esos días en los que decidimos acumular tristezas para que se apoderen de nuestro cuerpo y justifiquen nuestra desolación. Pero en los días buenos, mi padre estaba muerto, y fue de esa muerte imaginada de donde renació Alemania.

# MARKUS

Mi Em querida:

Estoy tan contento. Acabo de recibir la información de que casi el ochenta y cinco por ciento de las fincas ya pertenecen al Estado. Todo gracias a Ulbricht, al plan visionario de siete años de Jrushchov[14] y, claro, a nuestro trabajo junto a los agricultores. ¿Tienes idea de lo que esto significa? Que no vamos a depender de productos externos ni a dar nuestro dinero a extranjeros. Vamos a crear puestos de trabajo y a comer comida pura, sin químicos, como la de los americanos. Todo producido aquí. Incluso las empresas privadas quieren unirse al Gobierno. Estamos haciendo algo muy importante. Vamos a cambiar la manera de vivir en sociedad.

Con todo, siempre hay algo que me desmoraliza: la distancia entre nosotros. Amor mío, quiero poder compartir estas alegrías contigo sin que sea por carta o los domingos. Quiero tenerte a mi lado todos los días.

La semana que viene iremos al ballet; me han regalado entradas. Dicen que la solista es una de las mejores bailarinas de su generación. Iré a recogerte en cuanto salgas de la escuela. En cualquier caso, lo concretaremos mejor el domingo. Un domingo que no llega por nada del mundo. Estabas tan guapa el último

14 Nikita Jrushchov: líder de la Unión Soviética entre 1953 y 1964.

domingo, con aquel vestido azul escotado. Me dieron ganas muchas veces de zambullirme en ese escote. Te deseo tanto.

Eres la mujer de mi vida.

Mischa
16 de julio de 1958

## *EMMI*

*1989, Leipzig*

*La niña se ha escapado.*

*Hacía semanas que Mischa no aparecía por casa y, las pocas veces que venía, entraba con pies de plomo, golpeaba las puertas de los armarios, arrojaba los vasos al lavavajillas y daba patadas a las sillas.*

*La niña no vino a cenar el domingo, como era habitual, y eso lo volvió loco. Llamó al hospital al día siguiente, casi de madrugada, y desperté con sus gritos: «¿Hace cinco días? ¿Cómo es posible que una médica no aparezca durante cinco días y ustedes no contacten a ningún familiar?». Llamó a los padres de Klaus, el único amigo de la niña que conocía. No creo que tuvieran oportunidad de decir nada, porque Mischa no dejaba de insultarlos y amenazarlos. Me dio tanto miedo que me escondí en el cuarto de baño. Me metí en la bañera, me tapé la boca con una toalla y me reí. Me reí hasta que me empezó a doler el estómago. La satisfacción de la venganza se imponía al miedo.*

*Siguieron semanas de búsqueda incesantes e infructuosas. Mischa venía a casa solo a ducharse y cambiarse de ropa.*

*El 1 de octubre, a las once de la noche, sonó el teléfono. Mischa no estaba. Dudé en contestar, pero temía que algo grave le hubiera ocurrido a la niña. «Por favor, dígale al señor Dreibholz que el nombre de su hija aparece en la lista de fugitivos de Praga.» No sabía lo que eran los fugitivos de Praga, pero la palabra «fugitivo» fue suficiente. Se había escapado. Tuvo el valor que yo nunca tuve. Le di las gracias, colgué el teléfono y escribí en un papel el mensaje para Mischa. Nada en la vida me causó tanto placer como escribir cada una de esas letras en el papel.*

*Fue ese día cuando empecé a querer a la niña. A mi hija.*

# MARKUS

Querida Emmi:

¿Por qué no nos casamos? Quizá debería haber reservado esta pregunta para el final, pero, como no dejo de pensar en ella, he decidido despachar el asunto de una vez. Si quieres, siempre puedes leer la carta de abajo arriba.

Me descubro redactando informes y escribiendo tu nombre en medio de las frases. No sales de mi cabeza. ¿Por qué no nos casamos? ¿Será por tu madre? Quiero conocerla, demostrarle cuánto te quiero y cuánto sueño con hacerte feliz hasta el fin de nuestras vidas. Sé ser un yerno encantador, confía en mí.

Sabes que aquí podemos vivir una vida maravillosa. Podrás volver a bailar. Qué bien bailas, amor mío.

Me han ofrecido un cargo importante, no puedo contártelo aún, pero será muy bueno para nuestra vida. Tendremos que irnos a vivir a Leipzig, pero te va a encantar. Ya tengo vista la casa perfecta para nosotros. Tiene una habitación para que tu hermana venga a vivir con nosotros hasta que encarrile su vida, o para tu madre cuando venga de visita, y otra para cuando decidamos aumentar la familia. Cuánto me gustaría aumentar la familia contigo. Amor mío, ¿por qué no nos casamos?

Estoy haciendo todo lo posible para poder ir a buscarte esta semana. Quiero llevarte a cenar y a la ópera.

La nueva idea de Ulbricht te va a dejar maravillada. Está desarrollando un proyecto para abolir cualquier barrera entre el arte y el trabajo. Hablamos de mineros escritores, bibliotecas en las fábricas, poetas en las industrias. ¿No te parece magnífico?

Me será imposible soportar una semana más sin verte. Tu ausencia se apodera de mis pensamientos y no logro hacer nada más que iniciar una cuenta atrás de horas, minutos y segundos hasta que estemos juntos otra vez. Qué hermoso es quererte. Qué dolorosa es la espera.

Cásate conmigo, Emmi de mi corazón. Prometo hacerte feliz todos los días.

Enteramente tuyo,

Mischa
21 de abril de 1959

P. D.: Es importante que le cuentes a tu madre que en la conferencia de Ginebra, Occidente se opuso a nuestra propuesta de paz. En el fondo es como dice Jrushchov: su objetivo a medio plazo es acabar con nosotros.

## *EMMI*

*9 de noviembre de 1989, Leipzig*

*La voz de Mischa, aunque distante, me hacía querer taparme los oídos de irritación. Odiaba cuando hablaba por teléfono. Puse un vinilo de Uschi Brüning bien alto para no oírlo. La canción era* Dein Name, *la cara A. Incluso con el volumen al máximo, su voz enfurecida se colaba en mi cuarto en las pausas de Uschi, como si formaran un dúo.*

Jedes Blatt am Baum
raunt leise mir ins Ohr,
wie du heißt…

*«¿… rueda de prensa? Pero ¿Schabowski está loco?»*

wie du heißt
Im Wind schwingt dein Name…

*«¿Cómo puede decir semejante mentira…?»*

und die Sonne sagt es mir,
wie du heißt,
wie du heißt

*«¿Es que es idiota de remate?»*

Ein Wort gibt es nur,
das mich bewegt,
das ist dein Name.

*«¿Qué dice…?»*

Und ich halte ihn fest
deinen Namen.

*«… que se fastidie Krenz, tenemos que enviar soldados de inmediato…»*

Deinen Namen,
ich halte ihn fest.

*«… diles que nada ha cambiado. ¡Quien intente huir muere!»*

Deinen Namen,
deinen Namen, ich halte ihn fest.

*«¡Nunca!»*

Jeder Atemzug

*«… estación de tren. Diremos que los trenes van a Occi…»*

trägt rhythmisch dieses Wort,

*«… los descargamos en algún lugar de la Unión Soviética…»*

wie du heißt
wie du heißt

*«¡Ya, para!»*

Unüberhörbar,
unermüdlich
ruft das Pflaster unter den Schritten,
wie du…

*Mischa entró en la habitación, dio un puñetazo al tocadiscos y se marchó.*

heißt, heißt, heißt, heißt, heißt, heißt, heißt, heißt, heißt, heißt…

Dein Name. *Hasta aquel día, la canción siempre había hablado de amor, un amor sencillo comparado con la naturaleza. A partir de ese día, habló de libertad.*

# MARKUS

Mi futura esposa:

Nos casamos la semana que viene, pero no he querido dejar de escribir esta última carta, que esconderé en tu bolso.

Cada mañana me despierto y doy gracias por el momento en que decidí entrar en aquel bar. Fue la mejor decisión de mi vida. Casarme contigo no figura entre mis mejores decisiones, porque fue una decisión únicamente tuya. Yo me habría casado contigo aquella misma noche. Nunca he tenido dudas. Nunca he tenido que decidir: ya estaba decidido por mí. Tú necesitaste algo más de tiempo y no te lo reprocho. Alguien que pide matrimonio nada más conocer a la otra persona es, como mínimo, sospechoso. Yo también habría dudado de mis intenciones. Pero tú no te asustaste. Ese lado intrépido tuyo no hizo sino que me enamorara aún más de ti. Y ahora vas a ser mi mujer. No sé cómo, pero lo vas a ser. Por fin podré dormirme y despertarme a tu lado todos los días. No puedo imaginar una suerte mayor que esa.

Estoy deseando vivir rodeado de ti, de tu voz, de tus cosas, de tu olor. Ya no tendré que buscar rastros tuyos para soportar la ausencia. Ahora estarás en todas partes, para siempre.

Un beso de tu futuro marido (¿sabes la alegría que me ha dado escribir esto?),

Mischa
7 de mayo de 1960

## *EMMI*

*11 de noviembre de 1989, Leipzig*

*Conté una hora exacta y salí. Una hora me daba la seguridad de que no habría un regreso inesperado, el olvido de una carpeta o una mancha en la manga que exigiera cambiar el abrigo de inmediato. Con o sin mancha, una hora después Mischa ya estaría lejos de casa y yo, fuera de peligro.*

*Al día siguiente de la llamada, Mischa dejó otra carta bajo la puerta de mi habitación. Había mucho ruido en las calles. Sabía que había sucedido algo importante, pero llevaba tanto tiempo en esa habitación que nos habíamos convertido en una isla.*

*Encendí la radio en busca de una explicación para todo aquel alboroto. Me detuve en la radio Glasnost. Varias personas hablaban a la vez con una euforia muy inadecuada para un programa de radio: «La caída del Muro pasará a la historia como…», «Es impresionante la cantidad de prensa internacional que…», «… personas que esperan a sus familiares del otro…», «Hoy celebramos nuestra última emisión y no podríamos terminar de mejor ma…». Me fui deslizando por la pared al ritmo del sonido de las interferencias. «La caída del Muro», ruido, «esperan a sus familiares», ruido, «prensa internacional», ruido, «hoy celebramos», ruido. Ruido. Ruido.*

*Empecé a temblar violentamente. No podía controlar los espasmos. Tiré de la manta y me envolví con ella. Metí la cara dentro y grité. Me incorporé un poco para recuperar el aliento y volví a gritar con la cabeza entre las rodillas. ¿Y ahora? El mundo allá afuera se volvía todavía más aterrador; era un mundo desconocido. Por extraño que parezca, el ser humano puede preferir la opresión a la libertad si su miedo al cambio es mayor que el deseo de ser feliz.*

*No fue la felicidad, fue mi hija. Fue mi hija quien hizo que me levantara al día siguiente, contara una hora después de la salida de Mischa, sacara el dinero del cajón de la mesa de entrada, cerrara la puerta y no volviera la vista atrás. Fue mi hija quien me hizo desear la libertad. Ella y las ganas de volver a ver a mi hermana.*

# MARKUS

Mi amor:

Sé que no quieres hablar y por eso te escribo.

Ya he hablado con muchos médicos y quiero que sepas que lo que estás sintiendo es normal, es una forma de depresión. Hay muchas mujeres que tienen reacciones parecidas después del parto. El médico incluso dice que están trabajando en un estudio sobre esa depresión asociada al nacimiento de un hijo. Lo que quiero decir es que es común, que no eres la única y que no tienes por qué sentirte mal. Nosotros estamos aquí esperándote, tardes lo que tardes.

Te amaré siempre,

Mischa
23 de febrero de 1963

# *EMMI*

*1989, Berlín*

*136 Liebermannstraße.*[15] *Miré el papel y la placa, comprobando letra por letra. Era allí. Qué nombre tan curioso. ¿Tendrá mi hermana un* Lieb Mann*? ¿Me reconocerá? ¿Me odiará? Yo me odiaría a mí misma. 136 Liebermannstraße, era allí. Puede que ni siquiera esté en casa; quizá esté trabajando, seguro que estará trabajando. Y si es el* Lieb Mann *quien abre la puerta, ¿qué le digo? ¿Sabrá de mi existencia? ¿Qué existencia? He hecho de todo menos existir. ¿Qué pensará de mí? 136 Liebermannstraße: estaba en el sitio correcto; después de tantos años, por fin tenía la certeza de estar en el sitio correcto. Y si tienen amigos en casa, e hijos…; ¿tendrá mi hermana hijos? En las cartas que me enviaba nunca había información sobre su vida. ¿Tendré sobrinos? ¿Sabrán que tienen una tía? ¿Cómo me imaginarán? ¿Qué pensarán cuando vean la escoria en que me he convertido? 136 Liebermannstraße, no debe de haber otra calle con el mismo nombre en Berlín. Es aquí, solo puede ser aquí. ¿Y estas ganas súbitas de orinar? Puedo ir a un café. También puedo llamar a la puerta y poner fin a este compás de espera. 136 Liebermannstraße, esta es la puerta. Es bonita, la casa. Esa ventana abierta debe de ser de un dormitorio; tiene pinta de ventana de dormitorio. Maldita Coca-Cola. 136 Liebermannstraße, es ahora.*

[15] La traducción literal sería: calle del Hombre Amor.

Quizá sea posible seguir visitando un lugar triste hasta que algo feliz ocurra allí por casualidad. Después, basta con cumplir el dicho y no volver nunca más.

## Chopo blanco

***(Populus alba)***

Tiene raíces muy agresivas

136 Liebermannstraße. Cuando era niña pensaba que todo Berlín Occidental cabía en esa calle. Miraba la dirección en las cajas de cartón e imaginaba la casa de mi tía por dentro y por fuera. Veía niños tristes y gordos sentados en el suelo comiendo cosas grasientas y llenas de químicos mientras veían la televisión. Imaginaba a mi tía igual que a mi madre, pero gorda; la tristeza era la misma.

Había una gran probabilidad de que mi tía ya no viviera allí, pero, aun así, quizá supieran de su paradero.

Llegué a Berlín y no me dirigí allí enseguida. Necesité un día entero para mí, para prepararme y estar sola en aquel lugar familiar pero desconocido. Hacía más de diez años que no oía hablar alemán en las calles. Sentía que todo el mundo podía escuchar mis pensamientos; estaba expuesta y protegida al mismo tiempo.

Entré en un café con ordenadores para enviar un *email* a Francesca diciendo que había llegado bien. Me la imaginé en un café similar en Lucca, sentada delante de un ordenador con su delantal salpicado de salsa de tomate. Le había creado una dirección electrónica la última vez que vino a visitarme a Lucera; me pidió que lo hiciera para poder escribirnos mientras estuviera en

Alemania. La echaba mucho de menos. Nada más abrir el correo vi que había un mensaje de Francesca: «Querida, Klaus está en Berlín y me ha pedido que lo llames. Aquí tienes el número. Avísanos en cuanto llegues. Un beso grande de parte de Angelo y mío». Anoté el número en un papel que guardé en el bolsillo. Me puse nerviosa con la idea de volver a ver a Klaus. Comprobé de nuevo que el papel estuviera a buen recaudo y retomé mi paseo.

Recorrí la ciudad sin mapa. Compré un libro sobre santa Hildegarda. Me detuve a leerlo mientras me bebía un té a la menta. A pesar del idioma, me sentía más turista que en Italia.

Calles llenas de edificios coloridos, muchas paredes pintadas, muchos jóvenes vestidos de forma excéntrica, muchas bicicletas, mucha vida. ¿Cómo era posible que aquello fuera lo que sucedía al otro lado? Dos realidades totalmente opuestas separadas solo por un muro.

Sabía que aún quedaba un fragmento del Muro convertido en atracción turística. Al final del día fui a verlo. Tenía que verlo. Esa Alemania no era la mía; necesitaba la confirmación de que mi pasado realmente había existido, de que mi ciudad también había formado parte de este país.

Me senté en la hierba y lo contemplé. Analicé atentamente cada dibujo. Volví a ver las imágenes que Francesca me había mostrado aquel día en la televisión y lloré todo lo que no había llorado entonces. Observé a las personas que se hacían fotos sonrientes para mostrar a amigos y familiares. Para ellas, el Muro era solo un trozo de pared con historia; para mí era mi historia en un trozo de pared.

Cuando se puso el sol fui a buscar un lugar donde pasar la noche. A la mañana siguiente llamé a la puerta del número 136 de la Liebermannstraße.

# MARKUS

Mi Em querida:

Ha sido terrible imaginar la posibilidad de perderte. Por favor, no vuelvas a hacerlo. Eres muy importante para nosotros. Te quiero tanto que no soportaría perderte.

Ánimo, mi amor. Esa tristeza se te pasará y nosotros estaremos aquí para recibirte.

Nuestra hija es igual que tú. Suerte la suya. Suerte la mía.

Hasta pronto, mi amor eterno,

Mischa
25 de febrero de 1963

Las familias forman parte de nosotros tanto como nosotros formamos parte de ellas. No debemos, sin embargo, atribuirles la culpa de una vida mal vivida. La familia es un punto de partida, no una sentencia.

## Acacia bastarda

***(Robinia pseudoacacia)***

Es una especie invasora

Mi tía se parecía a mi madre, pero era alegre. Al verla, elaboré la teoría de que quien ha tenido una vida triste y llena de preocupaciones acumula más arrugas de la nariz hacia arriba. Quien, por el contrario, ha tenido una vida feliz, las tiene de la nariz hacia abajo. Eran esas arrugas las que las distinguían. La boca de mi madre no había sonreído en años, y sus ojos solo los conocí hinchados, siempre a medio camino entre el final de un llanto y el comienzo del siguiente. No tenía ni una sola arruga junto a los labios; en cambio, sus ojos eran los más arrugados que vi jamás.

Los ojos de mi tía eran preciosos y la piel a su alrededor, muy firme. Tenía una sonrisa enorme que, cuando descansaba, le marcaba una línea en cada mejilla. Un rastro de alegría.

Cuando le dije quién era, permanecimos mucho rato abrazadas. Mi tía lloraba con la cara hundida en mi hombro. Con la voz amortiguada por mi abrigo y la distancia demasiado corta junto a mi oído, conseguí descifrar un «Estoy tan feliz».

Después quiso verme desde más lejos, mirarme con calma. La sentí recorrer mi cuerpo buscando a mis padres, como si yo los llevara escondidos en el pelo. Temí que quisiera decirme dónde los veía, que ya no pudiera volver a mirarme al espejo sin vernos a los tres reflejados. También temí que me preguntara por qué había ido a visitarla, porque no sabría qué responder. Yo misma desconocía la razón de estar allí. En lugar de eso, fue a preparar un té y nos sentamos en el jardín. Estuvo hablando durante mucho rato. Luego, yo también le conté mi historia. Cuando terminamos, el sol ya se había puesto.

# MARKUS

Mi Emmi querida:

Veo que no has abierto mis cartas. No importa. Algún día, cuando estés bien, podrás abrirlas todas y será como si hubieras formado parte de todos estos momentos.

Me ha hecho muy feliz que quieras volver a trabajar. Me han dicho que la mujer responsable de la biblioteca va a dejar de trabajar porque ya no aguanta estar tanto tiempo de pie. Quizá te interese ocupar su puesto. Veré si te convenzo para que vayas la semana que viene.

Nuestra hija está cada día más guapa. Se despierta muchas veces a medianoche para comer, pero Mavie, la niñera, dice que durante el día solo quiere dormir.

Cuando vuelvas a trabajar quizá puedas ser tú quien la deje con la niñera. Sería bueno para las dos. Voy a ver si también te convenzo de eso. No ha sido fácil hablar contigo. No me quejo, pero te echo mucho de menos.

Mi amor, ¿cuándo vuelves?

Mischa
4 de marzo de 1963

# *TÍA*

*Tu madre apareció en mi puerta y casi no la reconocí. Parecía una viejecita. Estaba muy delgada y tenía la piel gris. Nos abrazamos y no nos dijimos nada. Pasaron muchos días sin que me dijera ni una sola palabra, pero nunca la presioné. Ya había estado tanto tiempo lejos de ella que no iba a arriesgarme a perderla otra vez.*

*Fue tu abuela quien me convenció de quedarme con ella aquella noche; yo quería volver con tus padres.*

*El día en que construyeron el Muro yo estaba en este lado, había venido a cenar con tu abuela. Apenas dos meses antes, Ulbricht había dicho en una entrevista que no tenía ninguna intención de construirlo.*

*Después de cenar me sentí mal y casi me desmayé. Tu abuela me pidió que me quedara, no quería que volviera a Leipzig en ese estado.*

*Me desperté con ella llorando mientras veía las noticias en la televisión. ¿Cómo podía haber ocurrido aquello durante la noche? Imágenes del Muro, relatos de personas que, como yo, habían quedado atrapadas en este lado, familias separadas y un miedo enorme de que lo ocurrido fuera permanente.*

*Tu abuela estaba tan afectada que tuve que dejar de lado mi voluntad y quedarme a cuidarla. Lloraba de día y de noche por miedo a no volver a ver a tu madre.*

*Las noticias eran cada vez menos alentadoras. Willy Brandt*[16] *se dirigió a los ciudadanos con la esperanza de que su mensaje llegara al otro lado. Pidió que no disparasen a quienes intentaran cruzar el*

[16] Alcalde de Berlín Occidental entre 1957 y 1966.

*Muro, llamándolo «el Muro de la vergüenza», pero «el Muro de la vergüenza» había venido para quedarse. Nadie del otro lado podía venir a Occidente, ni por un día.*

*Algunas casas quedaron encajadas en el Muro, convirtiéndose en parte de él. De vez en cuando aparecían personas con sábanas gigantes para amortiguar la caída de quienes saltaban desde las ventanas, aunque la mayoría saltaba incluso sin la sábana: tal era la desesperación. Muchos morían allí mismo, delante de nosotros. Aún recuerdo a una mujer llamada Ida Siekmann, que fue noticia por morir al saltar desde un tercer piso para reunirse con su hermana. Lo llamaron «el salto mortal hacia la libertad». Para mí, Ida era tu madre; incluso creí reconocer en su fotografía los ojitos pequeños y redondos que ella tenía.*

*También empezamos a oír historias de lo que les ocurría a quienes intentaban escapar. Fue entonces cuando vi a tu abuela consumida por una tristeza que nunca antes le había visto, ni siquiera cuando murió tu abuelo.*

*Pasados unos días, recibí una carta de tu madre pidiéndome que volviera. ¿Cómo podía elegir entre mi madre y mi hermana? No fui capaz de abandonar a tu abuela. Tu madre tenía a tu padre; tu abuela estaba sola. Me sentí como si me hubieran amputado un brazo o una pierna. Podría vivir sin ellos, pero mi cuerpo sería eternamente un recordatorio de su ausencia. Quizá no fuera la comparación más afortunada, dado que a tu padre, bueno, le falta un brazo, pero es verdad.*

*Le respondí que no volvería, sin explicarle por qué. Tuve que estar lejos de tu madre y de Mischa para poder ver lo que realmente pasaba al otro lado. La construcción del Muro no hizo más que confirmar la monstruosidad de los líderes del Partido Socialista y de sus intenciones. Sabía que, si una carta contenía esa información, sería destruida antes de llegar a su destino. Pensé en inventar una excusa, pero nunca mentí a tu madre. Nunca supe hacerlo.*

*Dos años después, tu abuela recibió una carta de Mischa que decía: «Emmi ha sido madre de una niña». Nunca entendimos por qué Mischa quiso compartir tu nacimiento con nosotras, si nunca nos permitió una visita; tal vez solo fuera para torturarnos, y lo consiguió.*

*Sufrimos mucho con aquella noticia. El dolor de no poder conocerte era enorme. Hablábamos mucho sobre ti, sobre cómo serías. Quizá te cueste creerlo, pero te quisimos mucho desde el día en que supimos de tu existencia.*

*Empecé a enviarte ropa. Me ayudaba imaginarte vestida con la ropa que yo elegía para ti. No enviaba cartas a tu madre por miedo a que destruyeran el paquete.*

*No sabíamos en qué día habías nacido, pero como recibimos la carta de tu padre en enero, celebrábamos siempre tu cumpleaños el primer día del año. Era un momento muy triste, un ritual que solo nos traía desolación, pero que no podíamos dejar de cumplir.*

*Es natural que te preguntes por qué nunca os visité. Imagino que sabrás que los occidentales podían ir al otro lado, pero para ir a Leipzig era necesario un visado. Tanto mi madre como yo lo intentamos varias veces, pero siempre nos lo negaron. Tu padre no quería nuestra presencia e hizo todo lo posible para que eso quedara bien claro. Llegué a pensar que quizá podría encontrar la forma de avisar a tu madre y reunirnos con ella en Berlín Oriental, donde ya no hacía falta visado, pero ¿cómo? Todos los paquetes que enviábamos los abrían, todas las cartas las leían. Si alguien sospechaba de tu madre, podía ser muy peligroso para ella y para ti. Incluso podían prohibirte estudiar. Nos llegaban historias aterradoras de personas torturadas por la STASI por intentar huir, y sé que tu padre era muy influyente, pero no confiaba en él: para aquella gente, el Partido estaba por encima de la propia familia.*

*Poco tiempo después de tu decimotercer cumpleaños —lo recuerdo bien porque fue cuando empecé a imaginarte adolescente—, tu abuela enfermó. Estaba muy cansada, no quería comer y se quejaba de dolores de barriga. Los médicos no pudieron descubrir qué le pasaba; fue quedándose cada vez más delgada y murió en menos de un mes. Envié una nota para tu madre dentro de un paquete; no sabía si la dejarían pasar, pero quise creer que algunos de ellos aún podían tener corazón. Escribí solo: «Mamá ha muerto». Me sentí tan insensible, ¿qué muerte merece solo tres palabras? Tuve miedo. Todo lo que escribía me parecía contar demasiado sobre la vida de este lado y pensé que aumen-*

*taban las probabilidades de que el mensaje llegara a su destino si era breve y directo.*

*Sufrí mucho. Estaba casada y tenía dos hijos, pero me sentía muy sola. La descendencia no sustituye a la ascendencia. Necesitamos ambas. Sin tu abuela y tu madre, yo no tenía pasado. Nadie lo conocía y, por más que lo contara, nadie lo entendería como nosotras tres. Éramos un equipo y yo no podía seguir el juego sola.*

*Fui aprendiendo a lidiar con el duelo por ambas, a llenarme de las alegrías que me daban mis hijos y mi marido, pero no hubo un solo día de estos veintiocho años en que no pensara en tu madre, ni siquiera en esos días en que estuve cerca de la felicidad plena. Siempre estuve solo cerca.*

*Cuando empezamos a oír hablar de las personas que, como tú, huían a través de las embajadas, me invadió la esperanza de que tu madre fuera una de ellas. Pasé días enteros sentada en un banco frente a la estación viendo llegar a la gente. Es muy raro pensar que quizá nos cruzáramos.*

*Mi marido y mis hijos me obligaron a abandonar aquel ritual enfermizo y entonces esperaba en casa.*

*El Muro cayó un mes después. Puede parecerte raro que diga esto siendo madre, pero aquel fue el día más feliz de mi vida. Rápidamente se instalaron cientos de dudas en mi cabeza, como si tuviera que buscar razones para boicotear ese momento, para no fantasear, para no desilusionarme. Me imaginé que tu padre, al darse cuenta del desenlace de aquellas fugas, os habría llevado a Rusia. Y yo entonces, que os sentía tan cerca, podría estar en realidad más lejos que nunca.*

*Fueron días de locura y de celebración en las calles de Berlín. Aún conservo un trozo del Muro; en aquel momento todo el mundo quería guardar un pedazo de historia, pero incluso con mi trozo de Muro, a mí seguía faltándome uno enorme.*

*Sucedió cuatro días después. Eran las seis de la tarde y ya había oscurecido. Creo que antes te he mentido: ese, sí, ese fue el día más feliz de mi vida.*

*Como te he dicho, tu madre tardó más de una semana en hablar, y aun cuando lo hacía era solo para decir cosas como: «Deja, ya pon-*

*go yo la mesa». Para mí cada palabra suya era una victoria. Mi hermana había vuelto, lo que quedaba de ella.*

*Solo al cabo de tres meses conseguimos mantener una conversación sobre el pasado; solo entonces le conté lo que ahora te estoy contando. Lloramos mucho. Por supuesto que tu madre no me lo contó todo de una sola vez. Los recuerdos le salían con cuentagotas, brotaban en la cantidad que ella podía soportar. Tenía miedo de que tu padre viniera a buscarla, pero ni él vino nunca ni yo habría permitido que se la llevara de vuelta.*

*Hicieron falta dos años para que tu madre volviera a sonreír. Cuanto más se alejaba de todo lo que había vivido al otro lado, más se odiaba por la manera en que te había abandonado.*

*Se abrieron unos grupos de apoyo psicológico para personas venidas de la RDA y yo convencí a tu madre para que se inscribiera. No solo le vinieron muy bien las reuniones, sino que allí conoció a Heinrich, un hombre muy afectuoso que la trataba muy bien. Se sentía tan feliz con él que incluso se fueron a vivir juntos. Ese año viajó con él por Europa, vio decenas de obras de teatro, ballets y conciertos. Era una pasión parecida a la que había sentido por tu padre, pero sin rebeldía. Era muy bonito verlos juntos.*

*El día que se cumplía un año desde que se habían conocido, Heinrich me pidió ayuda para darle una sorpresa. Había preparado una cena para tu madre en el escenario de la Deutsche Oper, donde se representan los mayores ballets de Berlín. Quería que ella pisara aquel escenario. Yo solo tenía que mantenerla entretenida mientras él preparaba la mesa y después llevarla allí con el pretexto de que me había olvidado un pañuelo la noche anterior. Fue la última vez que hablamos.*

*Me desperté de madrugada con una llamada de Heinrich, sollozando; me dijo que estaba con tu madre en el hospital, que se había despertado con un fuerte dolor de cabeza durante la noche y que había perdido el conocimiento de camino al hospital. No lo recuperó. Ya solo estaban esperándome para poder desconectar las máquinas. Los médicos dieron por concluido el asunto con un diagnóstico de «aneurisma» sin que siquiera se le hiciera una autopsia. Es extraño cómo, en tales momentos, sentimos que la solución para nuestro dolor está en aclarar lo sucedido. Como si el sufrimiento fuera causado solo por la falta de explicación, y no por la ausencia de esa persona. Nos aferramos a ese salvavidas hasta que tenemos que soltarlo y afrontar por fin el dolor de la pérdida. Fue la segunda vez que la perdí, pero esta vez para siempre.*

## MARKUS

Mi amor:

Es tan bonito veros a las dos por la mañana. Las mujeres de mi vida. No podría haber tenido más suerte.

Ulbricht ha hecho una campaña brillante entre los países del COMECON para que sigan nuestro ejemplo de autosuficiencia. Algunos países de la Unión Soviética han sido objeto de movimientos de libertad y democracia, poniendo en riesgo la esfera comunista en general. Es nuestro deber conseguir que esas ideas absurdas se extingan antes de que lleguen aquí.

¿Y tú, Emmi de mi corazón? ¿Cómo estás, mi amor? Sé que nunca tomas las pastillas que te recetó el médico. Las veo en tu mesilla de noche. El doctor Haber dice que tu depresión se debe al nacimiento de nuestra hija, pero que, al no haber sido tratada, se ha transformado en una depresión profunda que solo se cura con medicación. Entiendo que no quieras medicarte, pero el tiempo no está resolviendo nada por sí solo. ¿Cuántos meses serán necesarios para que aceptes ayuda? La vida solo ocurre fuera de ese cuarto, mi amor.

Siento que somos dos extraños viviendo en la misma casa. Ya no sé qué hacer. Solo veo odio en tus ojos, aunque nunca me miren. Me evitas a todas horas. Sé que esperas a que salga de casa para salir de la habitación. Sé que esperas a que me acueste para ir a la cocina. ¿Qué te he hecho yo, mi amor, qué te hemos hecho?

Ser odiado por quien amamos es vivir en una tortura constante. Habla, mi amor. Dímelo.

Eternamente tuyo,

Mischa
12 de septiembre de 1963

Hasta para el amor eterno hay una hora señalada. El mismo amor puede no ser eterno si llega antes de tiempo.

# Aliso común

***(Alnus glutinosa)***

Sus frutos maduran en otoño

Me mudé a casa de mi tía. El número de Klaus lo seguía guardando en el bolsillo. Lo miraba varias veces a lo largo del día para asegurarme de que no lo había perdido. Solo al cabo de una semana me decidí a llamarlo.

Toda la familia de mi tía fue muy amable conmigo. Mi tío me recibió con una gran sonrisa y sin hacer preguntas. Mis primos aparecieron para cenar con sus mujeres e hijos y nunca mencionaron el pasado. Apenas hablaron de eso conmigo y, cuando lo hicieron, vi en sus miradas ausentes que medían cada frase antes de pronunciarla, como si caminaran por un campo minado. Fue aquella noche cuando llamé a Klaus. Quizá toda aquella danza delicada y minuciosa para evitar hablar de mi vida al otro lado me hizo pensar aún más en ella. Klaus formaba parte de esa vida, la parte buena. Más tarde comprendí que nosotros, los ciudadanos de la RDA, éramos vistos por los alemanes occidentales como ciudadanos de segunda categoría y que la actitud de mis primos esa noche, y todas las demás en que nos encontramos, no nacía de un lugar de protección o incluso de pudor, sino simplemente de lástima y de un intento forzado de ignorar el pasado. Pero ¿cuántos pasados puede barrer un país bajo la alfombra?

Sentí el corazón latir más rápido con cada número que marcaba. Cuando el teléfono empezó a sonar, recé para que Klaus no respondiera. «¿Hola?» Me olvidé de pensar en lo que iba a decirle. «¿Hola?» «Soy yo.» Fue lo único que me salió. Anoté la dirección de Klaus en un bloc que estaba junto al teléfono. «Hasta mañana.»

Pasé la noche en una cuenta atrás. No entendía el motivo de aquella ansiedad. Era Klaus, mi viejo amigo. ¿Podía el tiempo haber distorsionado mis sentimientos hacia él, o mi percepción de esos sentimientos? Quizá era la soledad apoderándose de mí, pensé. Ocurre muchas veces. El miedo a estar solos nos lleva a buscar a alguien del pasado, alguien que pasó desapercibido, alguien que, si llegara ahora, llegaría justo en el momento adecuado.

Me llevé el libro de santa Hildegarda para leer por si llegaba demasiado pronto. Llegué una hora antes de lo acordado. Me senté en un banco del parque. Estuve una hora intentando leer las mismas dos páginas. Las frases entraban y salían de mi cabeza sin que me diera cuenta, obligándome a releer, re-releer y re-re-releer el mismo párrafo una y otra vez.

A la hora en punto cerré el libro. Quería conceder esos cinco minutos de retraso a quien no había llegado una hora antes.

Klaus abrió la puerta. Quizá no había sido el tiempo quien distorsionara mis sentimientos, quizá solo me había ayudado a comprenderlos. Nos abrazamos con fuerza, como si quisiéramos asegurarnos de no volver a separarnos jamás.

# MARKUS

Querida Emmi:

Mielke[17] ha sufrido un derrame cerebral. Ha sido horrible, pero parece que ya está estable. Permanecerá en el hospital y después se irá a su casa de vacaciones hasta que vuelva a estar operativo. Me han llamado para ocupar su puesto mientras tanto. Sé que no es una tarea fácil, pero siento que estoy a la altura. Mielke es un gran líder y me ha enseñado todo lo que sé.

Me gustaría tanto tenerte a mi lado en este momento. Es un gran voto de confianza del Partido y no quiero, ni puedo, fallar. Amor mío, necesito que me digas que soy capaz.

Mischa
5 de enero de 1968

[17] Erich Mielke, jefe del Ministerio de Seguridad del Estado en Alemania Oriental.

# MARKUS

Mi Em querida:

¡Nuestra hija ha estado maravillosa!

Debes saber que fue la narradora en el encuentro anual de pioneros. Cuando entró, permaneció un momento en silencio mirando al público: debía de estar concentrándose; pero en cuanto empezó a hablar, conquistó a toda la audiencia. Proyectó la voz perfectamente, supo darle humor a la entonación y se mostró muy segura. Es igual a ti, querida Emmi. Nunca había visto esa faceta de nuestra hija. Fue arrebatador. Al final tuve que apartar a unas cuantas personas para poder recibir un abrazo suyo. Ahora tenemos una hija famosa.

El único pero es que el evento haya sido en Dresde. Por mucho que vaya allí por trabajo, siempre me cuesta estar en esa ciudad. He hecho todo lo posible para que no se diera cuenta de ello durante nuestro regreso, pero, a pesar de todos los desvíos, acabé teniendo que pasar por aquella calle. No puedo evitarlo, todo vuelve. Incluso el brazo. ¿Te lo puedes creer? Vuelvo a sentir el brazo.

Mi amor, ¿qué te parece si planeamos unas vacaciones solo nosotros dos? Busquemos a alguien que cuide de la niña y salgamos a disfrutar. Podemos ir a Rügen o incluso hacer un crucero. Los cruceros son maravillosos: tienen cine, piscinas y un salón de baile. ¿Te das cuenta de la suerte que tenemos de vivir aquí, en un país que nos ofrece estos lujos? Y pensar que al otro lado solo los que tienen mucho dinero pueden permitirse unas buenas vacaciones. Ulbricht realmente se desvive por mejorar la vida de todos; incluso ha encontrado la manera de poner a la venta esos pantalones Levi's que todo el mundo desea y que no tienen ninguna gracia. Por eso me parece extraño que ahora se hable en el Partido de la posibilidad de que Honecker sustituya a Ulbricht. Hemos tenido muchas reuniones hasta tarde para preparar la posible transición. Para mí, ambos son hombres extraordinarios con una gran visión para el futuro de Alemania.

El mes pasado fui finalmente a la Fernsehturm.[18] ¡Qué monumento! Solo pensaba en lo mucho que te encantaría esa vista panorámica. Hay un café a doscientos siete metros del suelo. Es impresionante cómo siempre vamos un paso por delante, incluso en arquitectura.

Ella, la niña, te guardó un sitio. No te lo digo para que te sientas culpable, todo lo contrario. Quiero que sepas que te quería allí. Sé que vuestra relación no es fácil, pero sé que le importas mucho. Dale una oportunidad.

Nunca es tarde para volver con nosotros, mi amor.

Mischa
21 de febrero de 1971

---

18 Torre de televisión construida entre 1965 y 1969 por la RDA. Con 368 metros de altura, es el edificio más alto de Alemania.

Juntos, envejeciendo.

# Olmo

***(Ulmus minor)***

Copa alargada y cilíndrica

Una infusión de tila, otra de perpetua morada. Nos sentamos en la terraza del pequeño apartamento de Klaus.

«Nunca quise abandonarte —me dijo él, evitando mirarme a los ojos—. Annika se sentía cada día más infeliz en casa de Francesca y Angelo. Odiaba los invernaderos, la huerta, todo. Después de lo que habíamos pasado, no era justo que volviera a sentirse atrapada. Yo quería que vinieras con nosotros, pero supe desde el principio que lo rechazarías. Tú eras feliz en aquel lugar, yo también. Muchas veces me pregunto cómo habría sido nuestra vida si me hubiera quedado allí. Y quería hacerlo, pero Annika me necesitaba.

»Pasamos cinco meses turbulentos en Florencia. No teníamos dinero, los hospitales rechazaban mi currículum (a pesar de la buena fama que tenían los currículums del Este), Annika no tenía espacio para trabajar ni dinero para comprar materiales. Tras cinco meses comiendo patatas y durmiendo en el suelo de una habitación alquilada, decidimos venir a Berlín. Lo que quedaba de lo que sentíamos el uno por el otro se quedó en aquel cuarto de Florencia. Aquí éramos dos desconocidos que se saludaban en el pasillo. Fuimos alejándonos hasta distanciarnos del todo.

»Encontré trabajo en un hospital de aquí, de Berlín, donde sigo trabajando hoy. Conocí a una neuróloga y, unos meses después, ya estábamos prometidos. Era una buena chica. Tenía una hija de cinco años con la que me llevaba muy bien.

»Cuando me fui de la finca con Annika, seguí llamando a Francesca al menos una vez al mes para interesarme por ti. Supe de los productos que tú y Francesca habíais desarrollado juntas y vendíais en el mercado, de Matteo, de vuestra boda y de todo lo que vino después. Le pedí que nunca te hablara de nuestras conversaciones; no quería que pensaras que me entrometía, solo quería asegurarme de que estabas bien.

»Cuando recibí la noticia de que te habías mudado al sur, y después de haber terminado de forma brusca e insensible mi compromiso, pensé en coger el primer avión e ir a verte, pero Francesca no me dejó. Me pidió que te diera tiempo. Y yo esperé, contando cada día como un preso marca las paredes de su celda. Francesca iba a visitarte y me llamaba para decirme que aún no estabas lista, que aún sufrías. Yo colgaba y sufría también. Hasta que un día Francesca me llamó para contarme que venías a Berlín. Había imaginado tantas veces nuestro reencuentro en Italia, tantas veces lo había soñado, que el cambio de escenario tardó unos días en encajarme en la cabeza. Aun así, un par de veces más te imaginé en medio de la Kurfürstendamm, una de las avenidas principales de Berlín, rodeada de cipreses.

»Luego llegó la semana más angustiosa de mi vida, y mira que hemos pasado semanas muy angustiosas. Tardaste exactamente siete días en llamar. Francesca me dijo que te había enviado mi número y yo no hice otra cosa que esperar. Y entonces llamaste. En cuanto oí tu voz, volví a ser aquel estudiante universitario, demasiado inmaduro entonces para darse cuenta de que su mejor amiga era, en realidad, el amor de su vida. Pero ahora estás aquí. Por fin.»

Nos quedamos así, cogidos de la mano, con la otra en la taza de té y la mirada al frente. Siempre hemos sido más de mirar hacia delante.

# MARKUS

Mi gran amor:

Hemos entrado en Naciones Unidas, nosotros, la RDA. Ha sido una gran bofetada con guante blanco para todos aquellos que no nos veían como un país, como los ignorantes de los americanos y de los ingleses. Puede que ahora hasta vengan a pedirnos disculpas.

Qué pena que Ulbricht ya no esté aquí para ver esto que acaba de suceder. Solo tendría que haber muerto un mes y medio más tarde.

Veo el montón de cartas en el suelo cuando voy a llevarte la cena y me entran unas ganas enormes de llorar. ¿Por qué, Emmi? ¿Por qué no quieres saber de nosotros? Sigo creyendo que un día las vas a abrir. Ese día sabrás que nunca he renunciado a ti, que nunca he dejado de pensar en nosotros como una familia.

Querida mía, por favor, aceptemos la casa que tienen para nosotros. No sé qué te ata todavía a este cuarto. Podemos tener una casa mucho más bonita, con calefacción central, dos cuartos de baño, una lavadora, un frigorífico más grande. Yo me encargaré de todo, tú solo tienes que ir cuando la mudanza ya esté hecha. Mi amor, tenemos derecho a esa casa, el Partido quiere que disfrutemos de una mejor calidad de vida, hasta queda mal que no la aceptemos.

Emmi de mi corazón, me dan envidia los cantantes que escuchas. ¿Por qué los escuchas a ellos y a mí no?

¿Quieres bailar, mi amor?

Mischa
18 de septiembre de 1973

# MARKUS

Mi gran amor:

¡Perdóname, por favor! Solo hice lo que hice porque me estaba volviendo loco de tanto echarte de menos, porque no aguantaba no poder tocarte. Perdóname, mi amor. Estabas tan guapa que no me controlé. Sigues volviéndome loco de deseo.

Sé que no debería haber insistido en que vinieras a cenar, pero pensé que te haría bien volver a salir, divertirte, sentirte hermosa. Por eso elegí tu ropa, porque sé que ya no te ves como yo te veo. Tú has renunciado a ti, pero yo no, nunca.

Era una cena determinante para mí, con dos miembros del Partido que venían de Moscú y, sí, era importante aparecer con mi mujer. ¿Es mucho pedir que actúes como mi mujer durante unas horas? ¿No fue ese el acuerdo que hicimos al casarnos? ¿Que fueras mi mujer?

¿Por qué te encerraste en la habitación otra vez? ¿Por qué dejaste tu trabajo y no me respondes cuando me cruzo contigo en el pasillo? No te imaginas las excusas que he tenido que inventar para justificar tu desaparición de la biblioteca. Tu actitud puso en tela de juicio mi credibilidad y mi honor, características cruciales en el papel que desempeño. ¿Quieres mi desgracia, Emmi?

Lo que ocurrió fue solo un hombre haciendo el amor con su mujer. ¿Qué tiene eso de malo?

Puedes querer que renuncie a ti, pero no lo haré. Hice un pacto y voy a cumplirlo. Te amaré para siempre, aunque tenga que hacerlo a través de una pared.

Mischa
12 de mayo de 1976

Cuando mirábamos juntos la naturaleza, era aún más sobrecogedora. Dos veces más sobrecogedora.

## Sauce llorón

***(Salix babylonica)***

Prefiere terrenos húmedos

Acampamos junto al lago Großer Seddiner durante una semana. A la semana siguiente fuimos a explorar las montañas de arenisca en la Sächsische Schweiz. Dábamos largos paseos, dibujábamos, conversábamos y permanecíamos en silencio. Fue como si el tiempo solo hubiera pasado por nuestro cuerpo, dejándonos algunas canas y menor agilidad; por lo demás, nada había cambiado. No hubo extrañeza la primera vez que nos besamos o que nos desnudamos delante del otro. Todo en Klaus me era familiar.

Nos amamos sin la prisa de quien tanto ha esperado, pero con la calma de quien tiene el resto de la vida para amarse.

Cuando volvimos a Berlín, Klaus se despidió y en dos semanas vendió el apartamento. Nos compramos una autocaravana bastante antigua que acabó por ser nuestra casa durante once años. Buscamos un mapa y trazamos nuestro recorrido hasta Odemira, una aldea en el sur de Portugal donde un grupo de conocidos de Klaus había empezado una comunidad de investigación y educación para la paz. Cuando le oí hablar de aquel lugar en medio de la naturaleza, donde solo se utilizaban recursos naturales, con enormes huertas e invernaderos en los que todos trabajaban en equipo para alimentarse y celebrar la tierra, no tuve dudas de que sería el lugar perfecto para nosotros.

Dije adiós a mi país una vez más, ahora sin pena ni resentimiento. Ya no sentía la necesidad de pertenecer a un lugar. Ahora pertenecía a Klaus y él me pertenecía a mí, no en un pacto de posesión, sino en un pacto de eternidad. Éramos el hogar del otro aunque la calle fuera cambiando de nombre.

# MARKUS

Mi Emmi querida:

¡La RDA ha llegado al espacio! ¡Lo hemos conseguido!

¡Sigmund Jähn[19] es uno de los mejores cosmonautas del mundo y es nuestro!

Ni siquiera el cielo es ya un límite.

Mischa
26 de agosto de 1978

---

[19] Sigmund Werner Paul Jähn, ciudadano de la RDA, fue el primer alemán en ir al espacio. Estuvo una semana en órbita en la estación rusa Salyut 6.

# MARKUS

Mi adorada Em:

Ayer llevé a nuestra hija a una fiesta del Partido. Me habría gustado tanto que la hubieras visto. Estaba deslumbrante. Cuando apareció en la sala, por un segundo pensé que eras tú y se me paró el corazón. Era igual que tú. Tu ropa, tu peinado e incluso tu manera de andar. Fue hermoso y triste al mismo tiempo. Fue la primera vez que me sentí viviendo un duelo. Nadie imagina el dolor de vivir con alguien que elige estar muerto. Nuestra hija ha crecido y tú, ¿dónde has estado? ¿Cuánto tiempo tendremos que esperar para que vuelvas de verdad? ¿Para que digas más de una frase al día? Ya no aguanto fingir que todo está bien, fingir que sigo casado. Ya no aguanto educar a una hija solo y hacer de todo para que no te odie. Estoy cansado, Emmi. Cansado de tu desprecio, de esa crueldad en tu mirada. Ódiame, si quieres, pero no a nuestra hija. Ella es casi una mujer y te necesita, necesita a una madre. No es tarde, Emmi, vuelve. Te necesitamos. Nunca hemos dejado de necesitarte.

Si la hubieras visto ayer en la fiesta, estarías tan orgullosa. Es muy inteligente y educada, pero además tiene algo que atrae a la gente, un lado misterioso. Exactamente lo que me fascinó en ti cuando nos conocimos. Está creciendo, Emmi, y es maravillosa. No lo pierdas todo. No la pierdas para siempre.

Mischa
3 de abril de 1979

Y yo, que tanto planté, nunca aprendí cómo se hace para que nos crezcan raíces.

## Manzanilla

***(Matricaria recutita)***

Se utiliza para tratar el insomnio y la ansiedad

Nos llevó dos meses hacer un viaje de dos días. Paseamos por Holanda, donde nos detuvimos hasta sentir que también el tiempo se había detenido. Viajamos durante un mes por Francia y dos semanas por el norte de España, que pasamos casi en su totalidad en Galicia. Durante esos dos meses despertamos muchas veces rodeados de paisajes deslumbrantes. Nos bañamos en lagos, en ríos y en el mar. Dimos largas caminatas, escalamos montañas, dormimos al aire libre en días calurosos, compramos nuevos cuadernos de dibujo porque los otros ya estaban llenos y dibujamos muchas plantas nuevas. Fuimos a los mercados locales y cocinamos comidas dignas de un chef en nuestro hornillo de gas. Usamos el sol como reloj, cuando la única hora que realmente nos importaba era aquella en que desaparecía. Entonces, desaparecíamos nosotros también en la cama dispuesta sobre los asientos delanteros, con la cortina medio suelta y las ventanas torcidas desde el principio.

Fueron dos meses mágicos; sin embargo, aquella vida nómada no era para mí. Echaba de menos trabajar la tierra, cultivar, cuidar, cosechar. Siempre he sido más de echar raíces.

Subí el volumen de la radio cuando vi la placa que decía PORTUGAL. Bailé con los brazos, delegando en ellos la energía de todo el cuerpo. Incluso intenté cantar la desconocida canción española que sonaba y que, a medida que nos acercábamos a la frontera, iba perdiendo la sintonización. ¿Qué importaba? Habíamos llegado a casa.

Saber cuál es nuestro destino en este mundo no lo hace más bonito, solo más organizado.

## Cola de caballo

***(Equisetum arvense)***

Se utiliza en infecciones urinarias y como diurético

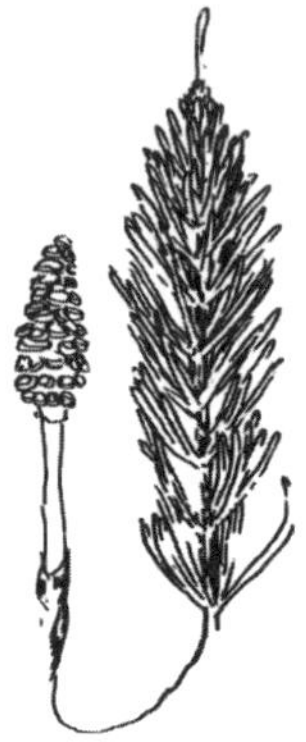

Benzarahi era aún más extraordinaria que en la descripción de Klaus. Ciento treinta hectáreas de tierra lista para acogernos, para que la cuidáramos y para cuidar de nosotros.

La mayoría de los benzarahis, el nombre dado a los habitantes de la comunidad, eran alemanes, pero también había muchos franceses, israelíes, españoles y una portuguesa. Éramos ochenta y siete en total, niños y adultos.

Después de presentarnos a la comunidad, se nos asignaron funciones para ese año. Revelé solo mi conocimiento y pasión por las plantas, no mi formación en medicina. Me encargaron iniciar un jardín de plantas medicinales y hierbas aromáticas. Dos chicas españolas, Laia y Ariadna, se trasladaron de las huertas para ayudarme en el nuevo proyecto.

Todos estaban muy contentos de que Klaus fuera médico y enseguida le atribuyeron el título de médico de Benzarahi. Aunque era una comunidad más orientada hacia la medicina holística, tener cerca a alguien de la medicina convencional aportaba mucha seguridad. Además, Klaus también entró en el grupo de forestación y preparación de los suelos. Cuando llegamos, habían terminado un enorme depósito natural de agua y las laderas a su alrededor eran perfectas para plantar árboles frutales.

Dormíamos en la caravana, pero el resto del tiempo lo pasábamos en comunidad. Comíamos siempre juntos en las cocinas comunitarias. Todo se cocinaba con energía solar o biogás generado a partir de los restos de comida. Nada se desperdiciaba. Incluso la ropa iba pasando de una persona a otra hasta que se rompía. Entonces iba a la casa de costura, donde se unía con otros retales y adquiría nueva vida en otra prenda.

Nuestro jardín de plantas medicinales y hierbas aromáticas nació, y también nació un invernadero para poder cultivar plantas que no se daban tan bien en el clima alentejano. Poco tiempo después empezamos a construir un pequeño taller para secar las plantas que se utilizaban en la comida y también para hacer infusiones, aceites, pomadas y cápsulas.

La casa de las plantas tenía una sala principal con una cuerda tendida de una punta a otra de la que colgábamos las flores boca abajo para secarlas y un gran armario con hierbas aromáticas dentro de frascos de vidrio. Había otra sala donde guardábamos las plantas medicinales ya secas dentro de cajas de madera en unas largas estanterías. Había aún una última sala, más pequeña, donde guardábamos los remedios.

Oskar, uno de los líderes de la comunidad, me entregaba cada mes nuevos libros sobre el uso de plantas en la medicina. Estudié mucho durante esos años y muchas fueron las enfermedades que curamos con nuestros remedios. Aprendí también a conocer las malas hierbas de la región y sus diversas propiedades de curación. Atendíamos a los pacientes, que nunca llegaban a necesitar a Klaus. Él lo agradecía. Mientras yo estudiaba las plantas, Klaus estaba completamente absorto en la irrigación. Quería solucionar el mayor problema de los suelos del Alentejo: la incapacidad de utilizar el agua del periodo de lluvias en los largos periodos de sequía. Se entregó también a la permacultura y pedía insistentemente a Oskar que encontrara más libros sobre el tema. La idea de observar los ecosistemas, usarlos y aprender de ellos le fascinaba. «La naturaleza nos lo enseña todo. Solo tenemos que saber escucharla», decía siempre que encontraba un nuevo oyente.

En Benzarahi se creía en el amor libre. Se defendía que una pareja solo es feliz cuando puede hablar de todo y cuando cada uno sigue sus deseos y toma sus decisiones en total libertad. Klaus y yo compartíamos la misma opinión. Cada día ejercíamos esa libertad. Cada día nos escogíamos.

Los domingos nos reuníamos y, si alguien tenía algún problema que resolver con otro miembro de la comunidad, ese problema se exponía, se escuchaba a ambas partes y quien quisiera daba su opinión. Para nosotros, era así como se construía la paz entre las personas: con respeto, diálogo y amor.

Uta era la doula de Benzarahi. Era ella quien asistía los partos de las mujeres de la comunidad. Cuando alguna mujer daba a luz, toda la comunidad se quedaba fuera de la casa de los niños; cantábamos canciones y esperábamos pacientemente. Cuando nos mudamos a la comunidad, esos momentos eran difíciles para mí, hasta que decidí compartir con todos mi historia. A partir de ese día, la historia dejó de ser solo mía y pasó a ser de todos. Sentí que tomaba mi dolor y lo repartía. Cuando llegué al final, solo me quedaba una migaja. Ya no lo sentía; la migaja era únicamente el recuerdo, ese que permanecería en mí, ese que no se comparte.

Empecé a vivir los nacimientos de una manera más activa. Hervía hojas de ricino para verterlas en el agua de aquellas que elegían parir en el agua. Planté un nimbo, un árbol que en otros países se llama «curatodo» y que ayuda tanto en el proceso del parto como en el posparto. Las hojas de nimbo y de ricino se hervían y la olla se colocaba debajo de la vagina para que los vapores pudieran entrar y hacer su trabajo. Ese ritual se repetía durante los siete días posteriores al parto y podía hacerse por la mañana o por la noche. Después, se usaba esa misma agua para un baño, frotando el cuerpo de la madre con las hojas y presionando la barriga para ayudar al cuerpo a liberarse de los restos de la gestación. Unos años más tarde, Uta me convenció para hacer el curso que me permitiría convertirme en doula certificada, y así empecé también a asistir partos.

El primer bebé al que ayudé a nacer fue Thomas. Olga, la madre de Thomas, expuso a la comunidad su enorme deseo de ser madre. Bernat, un chico catalán, al cabo de unos meses decidió que estaba preparado para asumir el papel de padre. Toda la comunidad bendijo la unión.

Fue un parto fácil, los latidos del corazón de Thomas se mantuvieron estables y Olga dilató muy rápido. La comunidad cantaba fuera y Bernat sostenía las manos de Olga mientras ella empujaba.

Lloré mucho cuando sostuve a Thomas en mis brazos, como si fuera mío. Vi en él a todos mis hijos que no nacieron. Pero Thomas también era mío; era de toda la comunidad.

Después de Thomas, fueron muchos los bebés de Benzarahi a los que ayudé a nacer. Era feliz allí, pero quería poder ayudar a más gente con todo lo que había aprendido. Benzarahi era un lugar muy especial, pero no dejaba de ser una comunidad aislada y, para mí, que ya había vivido tantos años en un mundo aislado, empezó a volverse asfixiante.

Volvimos a la carretera en compañía de nuestra caravana. Más tarde, cuando me vi obligada a mirar atrás en busca de respuestas, entendí que aquel día solo una parte de Klaus emprendió el viaje conmigo.

# MARKUS

Mi eterno amor:

Creo que la niña está enamorada.

Sale a pasear muchas veces con un compañero de la universidad, un tal Klaus. Al principio me pareció un buen chico, pero me han ido llegando algunas informaciones que indican lo contrario. Parece que el amigo de nuestra hija tiene pensamientos subversivos, demasiado libres. Voy a pedirle que se aparte de él y de su grupo de amigos. Si no surte efecto, tendré que tomar medidas más drásticas.

Espero que sea listo y no vaya tras ella. No quisiera verla sufrir.

¿Recuerdas cuando nosotros también estábamos enamorados?

Perdona lo que ocurrió ayer. Sé que de nada sirven mis disculpas si siempre vuelvo a hacerlo, pero es que me vuelves loco, mi amor. No te dolió más que a mí, de eso estoy seguro. Te amo tanto.

Mischa
17 de enero de 1982

Y fue entonces cuando supe en lo más profundo, con todas las pequeñeces y grandezas, que ese era mi lugar.

Hay decisiones que debemos delegar solo a los órganos por debajo del cuello.

## Melisa

***(Melissa officinalis)***

Alivia el dolor de cabeza y los cólicos menstruales

Recorrimos Portugal de sur a norte. Vivíamos a nuestro ritmo. Aún nos sobraba bastante dinero de la venta del apartamento de Klaus en Berlín y lo utilizábamos para comprar tiempo. Pasábamos más días en los lugares más bonitos y menos en los menos bonitos. La única certeza de cada día era la incertidumbre de dónde terminaría.

Los días junto a Klaus nunca eran monótonos. Después de tanto tiempo viviendo en comunidad, fue importante darme cuenta de que él me bastaba. Creía poder ser feliz solo con él el resto de mi vida, sin necesitar a nadie más. Pero también era amor lo que sentía por mi trabajo con las plantas, era amor lo que sentía por ellas. Era amor lo que ponía en cada uno de mis productos y remedios, y era con amor con lo que cuidaba a quien estaba enfermo. Vivía con la certeza de que compartíamos todos esos amores además del nuestro.

A lo largo del viaje, Klaus fue cambiando, se hizo más distante y callado. Decía que estaba solo mareado, justificando que su cuerpo no se estaba acostumbrando bien a las frutas y verduras de los mercados callejeros después de tantos años en Benzarahi, donde solo comíamos productos sin químicos. Empezamos a ser más exigentes con los mercados donde comprábamos los ingredientes. Estaba tan segura de ir por el camino correcto que no fui capaz de atribuir a las frutas y verduras otro significado, el verdadero.

Recorrimos el Alentejo, con sus playas de acantilados y sus aguas que nos helaban los huesos: los años en Italia me habían vuelto menos resistente al frío; atravesamos el Ribatejo, con sus campos de cultivo ordenados y caballos dignos de inmortalizarse en un lienzo; Sintra, con su sierra encantada, tan independiente que carga con su propia nube; la sierra de la Garduña, donde vimos nieve por primera vez en diez años; el Miño y la naturaleza salvaje de sus playas fluviales, donde los árboles tanto permanecen de pie como se tumban en el agua a descansar; el Parque Nacional Peneda-Gerês, donde nos quedamos semanas, tal era el encanto de aquel lugar. Hasta que llegamos a Vila Real y no fue necesario ver nada más.

# *TÍA*

*Querida mía:*

*Cada vez que llega un* email *tuyo siento una enorme alegría. Mi vista está cada vez peor, pero Frank siempre me hace el favor de leérmelos.*

*Me pone muy contenta que te hayan recibido tan bien ahí en el norte de Portugal, solo lamento no tener ya edad para ir a visitaros. Por tus descripciones, parece un lugar maravilloso.*

*Vi el programa que hicieron sobre ti en las noticias, pero estaba todo en portugués y no entendí nada. De todas maneras, me sentí muy orgullosa. Es muy hermosa la manera en que cuidas a los demás y cómo te dedicas a tu pasión.*

*Te escribo porque todos los días despierto pensando que podría ser mi último día, y no quiero irme sin decirte lo importante que ha sido para mí haberte conocido, cuánto ha cambiado mi vida.*

*Te escribo una carta, y no un* email, *porque me olvidé de darte este vinilo cuando viniste a visitarme. Ayer volvió a mis manos cuando estaba buscando otro disco.*

*Fue la única cosa que tu madre trajo consigo cuando llamó a mi puerta. Es tuyo.*

*Una de las cosas que más me entristece es que no hayas conocido a tu madre. Aquella persona con quien viviste no era ella. Sé que, por más que te hable de esa madre que desconoces, nunca olvidarás a la otra. Espero que algún día puedas perdonarla.*

*Voy a acabar aquí, que el pobre Frank ya debe tener la muñeca cansada.*

*Un beso enorme, te echo mucho de menos,*

*Tía Dora*

# MARKUS

Emmi:

Nuestra hija se ha ido a trabajar a Moscú.

Ha pensado que sería lo mejor para ella y me ha parecido bien.

Sé que parece precipitado, pero surgió una oportunidad y se ha ido.

No te preocupes, que está bien. Al fin y al cabo, es la capital de la Unión Soviética.

Mischa
2 de septiembre de 1989

Hay amores que caducan. Y, al igual que los envases de leche, en caso de duda, es mejor tirarlos.

## Perpetua morada

***(Gomphrena globosa)***

Ayuda en el tratamiento de la hipertensión
y alivia los dolores de cabeza

Tres meses. Tres meses exactos. Quizá él se hubiera dado ese tiempo de forma consciente, un tiempo límite: tres meses, ni un día más.

Volví a casa del mercado y no lo vi. Me extrañé. A lo largo de aquellos noventa y un días ya habíamos establecido algunas rutinas; llegar del mercado y verlo en la puerta de casa con los brazos extendidos, listo para ayudarme con las cajas de productos que no se hubieran vendido, era una de ellas.

Arrastré las cajas hacia dentro y fui a buscarlo al huerto. Todo estaba donde lo habíamos dejado el día anterior. Regresé a casa para preparar la comida.

Tardé un tiempo en ver el papel. Era pequeño y estaba escondido entre una cesta de fruta y un candelabro. Solo tenía tres líneas, una por cada mes, escritas en una hoja arrancada a toda prisa de un cuaderno: «No soy feliz aquí. No quiero desperdiciar el tiempo que me queda en esta vida en un lugar donde no marco ninguna diferencia. Este es tu sueño. Perdóname. He firmado un poder para que puedas poner la casa a tu nombre. Te quiero, Klaus». «Te quiero» destacaba en medio de todas aquellas palabras, como en los juegos en los que hay que descubrir cuál es el intruso.

Me quedé sentada esperando la señal del derrumbe, ese segundo que anticipa el fin del mundo. No llegó. No llegó ese día, ni al siguiente, ni las semanas posteriores, ni nunca. Quizá nunca dejamos de ser solo amigos y ese haya sido nuestro equívoco. Quizá simplemente dejamos de escogernos al despertar, o quizá nos escogimos durante todos aquellos años para no renunciar a creer en el amor. Es más fácil fingir que renunciar. Somos capaces de simular grandes pasiones para no enfrentarnos a la soledad, para no mirar atrás. Quizá nuestro amor haya sido solo eso: fe.

# MARKUS

Amor de mi vida:

El mundo se está desmoronando, te necesito. Sé que me oíste llorar en tu puerta y, aun así, no abriste. Sé que me oíste gritar, suplicar, golpear y nada. No merecí ni un gesto tuyo.

El mundo se está acabando, Em, y tú te quedas ahí encerrada escuchando música. ¿Puedes por favor pensar en mí esta vez? No he hecho más que intentar entender y aceptar tu sufrimiento. ¿Y el mío? Ahora es cuando te necesito.

He sido abandonado por las dos personas que más amo y ninguna de ellas me ha explicado por qué. A lo mejor, si hubieras formado parte de su vida, si hubieras sido una madre normal, las cosas no habrían llegado a este punto. A lo mejor ella no hubiera tenido el valor de dejarnos. Os he querido, nada más. No lo entiendo. He pasado horas revisando todos los momentos de mi vida con la esperanza de encontrar un motivo que justifique este abandono. Ayúdame, amor mío. Me siento muy solo. Te necesito, Em, te necesito más que nunca.

Desesperadamente tuyo,

Mischa
10 de noviembre de 1989

Nunca se puede borrar del todo a una madre. Siempre quedan esas líneas desvaídas que recuerdan el error, la presencia o la ausencia.

Volvemos a ese esbozo inacabado innumerables veces a lo largo de la vida. Intentamos colorearlo, dibujar encima o incluso rasgarlo, pero los trazos de madre, aunque desvanecidos, no abandonan el papel.

Nunca se logra borrar del todo a una madre. Quizá porque, si lo hiciéramos, nosotros mismos dejaríamos de existir.

## Valeriana

***(Valeriana officinalis)***

Tiene propiedades calmantes y sedantes

Era un vinilo de Uschi Brüning con solo dos canciones, *Dein Name* y *Bunte Bilder*. La cantante aparecía en la portada con un jersey rojo y unas gafas naranjas. Mi primer impulso fue tirarlo a la basura. Aquellas canciones me devolvían a mi infancia, a aquella casa, a la puerta entreabierta.

No lo lancé directamente al cubo de basura en la oficina de Correos por mi tía.

En casa, lo dejé encima de la mesa y Uschi se quedó allí, con sus gafas al estilo Janis Joplin, mirándome.

Unos días después lo cogí y saqué el disco sin tener dónde escucharlo. Algo cayó al suelo. Una fotografía de una niña, una niña con uniforme. Era yo. ¡Qué lejos estaba de aquella niña! Me quedé observándola, intentando encontrarme en algún detalle. Giré la fotografía buscando una fecha. «*Meine Tochter*», mi hija, estaba escrito al dorso con la letra de mi madre. «*Meine*», mía.

Quizá él nunca se hubiera ido. Hay décadas que caben en un minuto.

# Tila

***(Tilia)***

Reduce la ansiedad

Nuestra casa era pequeña, pero tenía todo lo que necesitábamos. Alrededor, dos hectáreas de naturaleza pura. Tenía todo lo que necesitábamos.

Dormíamos siempre abrazados, incluso en verano. Teníamos mucho amor que recuperar. A lo largo de los años, su cuerpo se fue convirtiendo en una prolongación del mío, incluso cuando no estaba cerca, cuando por alguna razón iba a la ciudad sin mí o cuando salía a visitar a un amigo. Yo me quedaba, pero me faltaba una fracción, me quedaba incompleta.

Pasábamos días en silencio. Por sus ojos desfilaban pensamientos que yo me divertía descifrando. Nunca vi en ellos un rastro de nostalgia o tristeza, restos de un pasado que desconocía, solo paz. No hablábamos de ese pasado. Hablar del tiempo que vivimos separados sería desperdiciar el que nos quedaba para vivir juntos.

Nunca dejamos de mirarnos con pasión. Nunca dejamos de ser amantes. Éramos amigos, confidentes, compañeros, pero siempre amantes.

Al cabo de unos años dejamos de hacer el amor con nuestros cuerpos, pero seguimos haciendo el amor, era todo lo que sabíamos hacer.

La vida en Vila Real era simple y bonita. Todos aquellos que se extrañaron de mi llegada doce años antes se convirtieron en mis amigos, y más tarde también en los suyos. Las mujeres más mayores y escépticas se convirtieron en nuestras mejores clientas. Compraban jarabes para los nietos, cremas antiarrugas para ellas y champú anticaída para que sus maridos conservaran los tres pelos de la coronilla. Cuidábamos de ellos y ellos de nosotros. Incluso conseguí un teléfono móvil para que pudieran llamarnos cuando necesitaran nuestra ayuda. Fue difícil idear la manera de cargarlo, pues no teníamos electricidad en casa.

Recorríamos los mercados y ferias de la región; nuestros productos ya se habían hecho conocidos. No podía imaginar una vida más feliz que aquella.

Francesca y Angelo me visitaron tres veces: la primera cuando yo todavía vivía sola, la segunda en Navidad cuando aparecieron con él sin avisar. Habían pasado dos años desde mi llegada a Vila Real. Él venía para quedarse. Y se quedó. Francesca y Angelo solo regresaron cinco años después, la tercera vez, también en Navidad. Ambos estaban muy débiles y tanto él como yo sabíamos que probablemente sería la última vez que los veríamos. Murieron al año siguiente, Francesca en marzo y Angelo en abril. Esperaron a la primavera.

Cuando él llegó a Vila Real, yo ya era conocida allí como María. Mi nombre alemán era difícil de pronunciar, lo que se convirtió en una excelente excusa para un nuevo comienzo. En cuanto llegó, empezó a presentarse a la gente como José, pero no se quedó ahí, nos dio un apellido: Feliz. María y José Feliz. Nunca pude dejar de llamarlo por su nombre verdadero cuando estábamos a solas, pero en público hacía un esfuerzo, sobre todo porque nada me enternecía más que cuando nos llamaban «los Felices». Y lo éramos, mucho.

Una mañana de invierno lo sentí. Era pequeño y se escondía en el pecho derecho. Pensé que sería solo un nódulo. Preparé una infusión de milenrama para regular el caos hormonal causado por la menopausia.

En los meses siguientes, el nódulo fue creciendo y el pecho deformándose. Sabía lo suficiente para entender que aquello no era una buena señal.

Planté un noni ya crecido en el invernadero para poder beber el zumo de sus frutos, conocido por sus propiedades anticancerígenas.

Incluso con el zumo de noni, la infusión de cola de caballo, la de diente de león y todas las demás plantas que conocía como vencedoras en la lucha contra el cáncer, yo lo sentía tomando control sobre mí. Me sentía cada vez más cansada, con náuseas y falta de aire, y muchas veces perdía el equilibrio. Cuando ya había más cáncer que yo, se lo conté. Le dije que estaba muy avanzado y que, cuando se volviera insoportable, acabaría con todo. Él ya lo sabía todo; era una prolongación de mí, ¿cómo podía no saberlo? Me miró durante lo que pareció una eternidad y dijo, mientras me apretaba las manos con firmeza: «Prefiero morir vivo a quedarme y vivir muerto». No se volvió a hablar del asunto.

Podría haberlo impedido, pero no lo hice. Ya había vivido tanto tiempo sin él. Aquellos últimos diez años me supieron a poco, quería más, quería la eternidad. Nos imaginé en el mundo que empieza donde este termina, donde el «para siempre» significa realmente «para siempre». Nos vi entrar felices en ese mundo, los Felices de la mano. «Matteo, hemos llegado.»

# Agradecimientos

Quiero dar las gracias a mis hijos, no solo por ser siempre mi mayor fuente de inspiración, sino por comprender mis ausencias (también las mentales).

Gracias a mi marido, Pedro, por haberme ofrecido el retiro de escritura que dio el empujón decisivo a este manuscrito y por ver en mí cosas que yo tardo mucho en descubrir.

Gracias, Pedro Sena Lino, por haberme guiado con tanta maestría al inicio de esta historia.

Gracias a mi madre por haber leído todas las versiones, siempre con el mismo entusiasmo, y a mi padre por las bonitas palabras que me dijo por teléfono tras terminar la lectura.

Gracias a mi querida Camila por las maravillosas ilustraciones.

Un agradecimiento infinito, como dicen mis hijos, a Maria do Rosário Pedreira, por haber conseguido extraer de mí lo mejor que tengo para dar. Cada crítica suya es una lección de un máster en escritura y yo tuve el enorme privilegio de ser su alumna. Soy mejor escritora después de haber trabajado este libro con ella.

Gracias a Madalena por el enorme cuidado en la corrección. Me siento una afortunada.

Gracias a Mario por discutir conmigo mis personajes como si fueran de carne y hueso.

Gracias a Leo, a mi hermano, a Jenna, a las Marianas (mi cuñada y mi amiga), a Pilar, a Melissa, a Marta, a Maria Ana, a

Madalena, a mi querida suegra Gena, a Catarina y a Maria por haber sido mis primeros lectores, siempre con críticas constructivas y un enorme entusiasmo.

Y, por último, pero de extrema importancia, muchas gracias a todos los que han querido oír mi voz más allá de la música.